AF747545

www.ingramcontent.com/pod-product-compliance
Lightning Source LLC
LaVergne TN
LVHW050752051026
849532LV00008B/2854

9789369087303

اپنا اپنا غم

(افسانے)

قاضی مشتاق احمد

Apna apna gham *(Short Stories)*
by: Qazi Mushtaq Ahmad
Edition: April '2025
Publisher :
Taemeer Publications LLC (Michigan, USA / Hyderabad, India)

ISBN 978-93-6908-730-3

کتاب	:	**اپنا اپنا غم** (افسانے)
مصنف	:	**قاضی مشتاق احمد**
صنف	:	فکشن
ناشر	:	تعمیر پبلی کیشنز (حیدرآباد، انڈیا)
سالِ اشاعت	:	۲۰۲۵ء
صفحات	:	۸۶
سرورق ڈیزائن	:	تعمیر ویب ڈیزائن

فہرست

آستین کا لہو

عدالت کا کمرہ کھچا کھچ بھرا ہوا تھا۔ عدالت کے باہر بھی سینکڑوں کا ہجوم تھا۔ شہر کے نامور وکلاء ملزم مدن لال کا بیان سننے کے لئے خاص طور پر آئے تھے۔

ملزم ڈبل گریجویٹ تھا اور اپنا دفاع خود کر رہا تھا۔ اُس نے سرکاری طور پر ملنے والی مفت قانونی امداد کو قبول کرنے سے انکار کر دیا تھا۔ اس نے اپنی مدلل بحث سے قانونی حلقوں میں ہلچل مچا دی تھی۔ سرکاری وکیل داس بابو جیسے نامور اور سینیئر وکیل سے ٹکر لینا کوئی آسان کام نہ تھا، لیکن ملزم مدن لال بلی کے گلے میں گھنٹی باندھنے کا بیڑہ اٹھا چکا تھا۔ ویسے یہ قتل کا ایک عام مقدمہ تھا۔ ملزم مدن لال پر یہ الزام تھا کہ اس نے ایک لاکٹ چرانے کے ارادے سے ایک ادھیڑ عمر کی عورت جانکی بائی کو سمندر کے کنارے قتل کر دیا ہے۔ ملزم مدن لال کا بیان تھا کہ وہ اپنی بے روزگاری، اپنے خاندان کی فاقہ کشی اور ساہوکاروں کے تقاضوں سے تنگ آکر خودکشی کے ارادے سے سمندر کے کنارے ایک سنسان جگہ پر گیا تھا۔ یکایک اُس نے ایک عورت کی دردناک چیخ سُنی وہ آواز کی سمت دوڑتا ہوا گیا۔ اس نے ایک آدمی کو قتل کرنے کے بعد بھاگتے ہوئے دیکھا

اس شخص کے سر کے بال سفید تھے۔ قاتل ذرا سی دیر میں اپنی کار میں بیٹھ کر فرار ہو گیا۔ مدن لال مقتولہ جانکی بائی کی لاش کے پاس پہنچا تو اس نے دیکھا کہ جانکی بائی دم توڑ چکی ہے۔ یکایک اس کی نظر جانکی بائی کے قیمتی لاکٹ پر پڑی۔ وہ چاندنی رات تھی اور جانکی بائی کے گلے میں پڑا ہوا لاکٹ چاند کی طرح جگمگا رہا تھا۔ لاکٹ کی چمک کے سامنے ملزم مدن لال کے ایمان کی روشنی دھندلا گئی۔ وہ وہاں خودکشی کے ارادے سے گیا تھا لیکن اُسے جینے کا سہارا مل چکا تھا۔ اب وہ اپنے بھوک سے تڑپتے ہوئے بچے کے لئے دودھ کا انتظام کرسکتا تھا، مالک مکان کو کرایہ ادا کرسکتا تھا۔ جو بار بار اُسے مکان سے نکال دینے کی دھمکیاں دے رہا تھا۔ اپنے ساہو کاروں کا قرض ادا کرسکتا تھا۔ جن کے تقاضوں سے تنگ آکر اس نے خودکشی کرنے کا فیصلہ کیا تھا۔ لاکٹ نے اُسے جینے کی راہ دکھا دی تھی۔ اس نے اپنے اردگرد نظر دوڑائی چاروں طرف سناّٹا تھا۔ اس نے چوروں کی طرح دُبکتے ہوئے مقتولہ جانکی بائی کے گلے سے وہ لاکٹ نکال کر اپنی جیب میں ڈال لیا لیکن اُسے کیا پتہ تھا کہ وہ پھانسی کا پھندہ اپنے گلے میں ڈال رہا ہے۔ یکایک ڈیوٹی کانسٹیبل رام چندر وہاں آگیا۔ اُسے دیکھتے ہی مدن لال کے اوسان خطا ہو گئے۔ اس نے بھاگ جانے کی کوشش کی لیکن لڑکھڑا کر گر پڑا۔ اس کے کپڑے مقتولہ جانکی بائی کے خون سے تر بتر ہو گئے۔ کانسٹیبل نے اُسے گرفتار کر لیا۔ گھبراہٹ کے مارے وہ بے ہوش ہو گیا۔ جب وہ ہوش میں آیا تو یہ سُن کر اس کے ہوش اڑ گئے کہ پولیس اس کے خلاف مقتولہ جانکی بائی کے قتل کا کیس درج کر چکی ہے۔ مقتولہ جانکی بائی کی بیٹی سُنیتا اس

لاکٹ کی شناخت کر چکی تھی۔ جو ملزم کی جیب سے برآمد ہوا تھا پھر جائے واردات پر ملزم کی موجودگی، اس کے کپڑوں اور جوتوں پر مقتولہ کے خون کے دھبّے پولیس کانسٹیبل رام چندر کو دیکھ کر اس کی بھاگ جانے کی کوشش یہ تمام ثبوت اس کے خلاف تھے۔ سرکاری وکیل داس بابو ان ثبوتوں کے سہارے ملزم مدن لال کو مقتولہ جانکی بائی کا قاتل ثابت کرنے کے لئے ایڑی چوٹی کا زور لگا رہے تھے، لیکن ملزم مدن لال کی یہ دلیل بہت وزن دار تھی کہ مقتولہ جانکی بائی کا قتل ریوالور سے گولی چلا کر ہوا جبکہ اُس کے پاس سے کوئی ریوالور برآمد نہیں ہوا تھا۔ سرکاری وکیل کا کہنا تھا کہ ملزم نے کانسٹیبل کو سامنے دیکھ کر وہ ریوالور سمندر میں پھینک دیا جسے برآمد کرنا ممکن نہ تھا۔ اخبارات میں اس مقدمے کا خوب چرچا تھا اور اس مقدمہ کو عوام میں غیر معمولی اہمیت حاصل ہو چکی تھی۔

ٹھیک گیارہ بجے مقدمہ کی کارروائی شروع ہوئی سرکاری وکیل داس بابو نے بحث کا آغاز کیا۔ اُن کی آواز بلند ہوتی گئی اور عدالت کے ماحول پر سکوت طاری ہو گیا۔ داس بابو عدالت میں موجود سینکڑوں لوگوں کی نگاہوں کے مرکز بنے ہوئے تھے۔ داس بابو نے ملزم مدن لال پر ایک حقارت بھری نظر ڈالی اور اپنی تقریر کا اختتام کرتے ہوئے کہا، "مائی لارڈ! یہ وہ درندہ صفت انسان ہے جس نے دو تین ہزار قیمت کے ایک حقیر سے لاکٹ کے لئے ایک ادھیڑ عمر کی بے بس عورت کو قتل کر دیا۔ ملزم ڈبل گریجویٹ ہے اور بے روزگار، کریلا اور نیم چڑھا۔ اس نے جو کچھ کیا سوچ سمجھ کر اور جانے بوجھے منصوبے کے تحت کیا۔ اس نے جو کہانی سُنائی ہے وہ بڑی دلچسپ ہے۔

فرضی کہانیاں عموماً دلچسپ ہی ہوتی ہیں۔ فلم کے کسی منظر کی طرح ملزم کو سمندر کے ایک ویران کنارے ایک دردبھری چیخ سنائی دی یہ اتفاق بھی بڑا دلچسپ ہے کہ ملزم خودکشی کے ارادے سے ٹھیک اسی جگہ پہنچا، جہاں یہ قتل کا "ڈرامہ" ہو رہا تھا۔ ایک سفید بال والا "ویلن" وہاں نمودار ہوا۔ ملزم کی بیان کردہ کہانی کے مطابق قتل کرکے وہ فرار ہوگیا۔ ملزم سفید بالوں والے قاتل کی کہانی سنا کر قتل کے ایک سیدھے مقدمے میں خواہ مخواہ کی الجھن پیدا کرنے کی ناکام کوشش کرچکا ہے وہ جانتا ہے کہ اگر آج اس شہر کا سروے کیا جائے تو ہر دس میں ایک آدمی کے بال سفید ہیں۔ اس عدالت میں آج جو سینکڑوں کا ہجوم ہے ان میں بھی بیسیوں سفید بالوں والے ہوں گے۔ اس قتل کی تحقیقات جن صاحب نے کی ہیں ان کے بال سفید ہیں ـــــ یہاں تک کہ خود میرے اور جج صاحب کے بال بھی سفید ہیں۔"

اس پر ایک زبردست قہقہہ پڑا۔ لوگ ملزم مدن لال کا مذاق اڑانے کے موڈ میں تھے۔ داس بابو نے اپنی تقریر جاری رکھتے ہوئے کہا: "مائی لارڈ یہ قتل کا ایک سیدھا مقدمہ ہے۔ حقیقت یہ ہے کہ ملزم اپنی طویل بے روزگاری سے اکتا کر پیشہ ور مجرم بن چکا ہے۔ وہ سمندر کے اس ویران کنارے پر پستول لے کر اس ارادے سے وہاں گیا تھا کہ لوگوں کو ڈرا دھمکا کر لوٹا جائے اور جو چیخ پکار کریں انہیں گولی مار کر خاموش کر دیا جائے۔ مقتولہ جانکی بائی کی موت اسے اس جگہ لے آئی اپنی موت آنکھوں کے سامنے دیکھ کر اس نے چیخنا چلانا شروع کر دیا ملزم نے اس کا منہ بند کرنے کے ارادے سے گولی چلا دی اور اس کی

موت کے بعد وہ لاکٹ اس کے گلے سے نکال لیا۔ جسے حاصل کرنے کی غرض سے یہ قتل کیا گیا ہے۔ اسی علاقے میں گشت لگانے والا کانسٹیبل رام چندر جب اُدھر سے گزار تو اس نے ملزم کو بھاگتے ہوئے دیکھا ملزم کے کپڑے خون سے تر بتر تھے۔ سامنے مقتولہ جانکی بائی کی لاش پڑی تھی۔ ملزم نے کانسٹیبل رام چندر کو دیکھتے ہی وہ ریوالور بجلی کی تیزی سے سمندر میں پھینک دیا۔ کانسٹیبل نے ملزم کی تلاشی لی تو اس کی جیب سے مقتولہ کا لاکٹ برآمد ہوا ہے جسے مقتولہ کی بیٹی سنیتا شناخت کر چکی ہے ملزم کی اس دلیل میں کوئی وزن نہیں کہ جو آدمی روٹی نہیں خرید سکتا وہ اتنا قیمتی ریوالور کہاں سے لائے؟ مقتولہ کے جسم سے جو گولیاں برآمد ہوئی ہیں۔ ان سے ریوالور کی قسم کا اندازہ کیا جاسکتا ہے۔ ظاہر ہے کہ وہ قیمتی ریوالور تھا۔ جو انسان لاکٹ چرا سکتا ہے اور اُسے حاصل کرنے کے لئے قتل تک کرسکتا ہے۔ کیا وہ ریوالور کی چوری نہیں کرسکتا۔؟ یہ اندازہ غلط نہیں ہوسکتا کہ ملزم نے ریوالور کی چوری کی اور اسی ریوالور سے مقتولہ کو دھمکایا۔ جب وہ چیخ و پکار کرنے لگی تو ملزم نے گولی چلادی ڈیوٹی کانسٹیبل کو دیکھ کر اس نے ریوالور سمندر میں پھینک دیا۔ ملزم نے ایک سنگین جرم کیا ہے۔ ملزم کی نوجوانی قابل رحم نہیں، کیونکہ ایسے سر پھرے نوجوان سماج کے لئے ایک لعنت ہیں۔ میں عدالت سے درخواست کروں گا کہ ملزم کو سزائے موت دی جائے۔"

یہ کہہ کر داس بابو اپنی جگہ بیٹھ گئے۔ جیسے ہی وہ اپنی جگہ پر بیٹھے عدالت میں سرگوشیاں تیز ہوگئیں۔

"آرڈر ـــــ آرڈر!"

عدالت میں سناٹا چھا گیا۔

"ملزم مدن لال تمہیں اپنی صفائی میں کچھ کہنا ہے؟" عدالت نے پوچھا۔

"یس مائی لارڈ! مجھے صرف اتنا کہنا ہے کہ اس مقدمے میں میری حیثیت ملزم کی نہیں، بلکہ چشم دید گواہ کی ہونی چاہیئے، کیونکہ میں نے قاتل کو دیکھا ہے۔۔"

"آبجکشن مائی لارڈ!" داس بابو نے اعتراض اٹھایا۔ "ملزم فرضی کہانیاں سنا کر عدالت کا وقت ضائع کر رہا ہے۔ اس کا بیان ریکارڈ پر موجود ہے اور قانونی نقطۂ نظر سے اُسے وہی باتیں دوبارہ دہرانے کی اجازت نہیں دی جا سکتی، جب تک وہ یہ ثابت نہ کر دے کہ وہ کوئی نئی بات کہنے والا ہے۔"

عدالت کے کمرے میں مکھیوں کی بھنبھناہٹ کی طرح ایک شور بلند ہوا۔

"آرڈر ـــــ آرڈر!"

پھر خاموشی چھا گئی۔

"ملزم مدن لال کیا تم کوئی نئی بات کہنے والے ہو؟"

ملزم مدن لال کے چہرے پر پہلی بار بے بسی اور پریشانی کے آثار نمایاں ہوئے ورنہ وہ بڑی خود اعتمادی کے ساتھ داس بابو کے اعتراضات کا جواب دے رہا تھا۔ اب داس بابو کا پلڑا بھاری تھا لوگ مدن لال کا مذاق اڑاتے کے موڈ میں تھے۔

شہر کے ایک نامور اور انتہائی مصروف وکیل مسٹر جگن ناتھ

پانڈے اس وقت عدالت کے کمرے میں موجود تھے انہیں نوجوان مدن لال کی بے بسی پر ترس آگیا۔ ملزم کا بیان سن انہیں یقین ہو گیا تھا کہ وہ جو کچھ کہہ رہا ہے وہ بالکل جھوٹ نہیں ہے لیکن قانونی دلائل کی لاعلمی کی بنا پر اور بے جا خود اعتمادی کی باعث وہ قانونی الجھنوں میں جکڑتا۔ جا رہا ہے۔

"ملزم مدن"!

عدالت نے دوبارہ دریافت کیا "کیا تم اس قانونی نقطے کا جواب دینا چاہتے ہو؟"

ملزم مدن لال ہونقوں کی طرح چاروں طرف دیکھنے لگا۔ یکایک جگن ناتھ پانڈے اپنی جگہ سے اٹھ کھڑے ہوئے۔

"مائی لارڈ! میں ملزم مدن لال کے وکیل کی حیثیت سے اپنا وکالت نامہ پیش کرنا چاہتا ہوں۔ میری درخواست ہے کہ مجھے ملزم سے صرف دو سکنڈ بات چیت کرنے کی اجازت دی جائے"

چند لمحوں کے لئے عدالت میں سناٹا چھا گیا۔ شہر کے ایک انتہائی مصروف وکیل کے اس ڈرامائی اعلان پر لوگ دم بخود رہ گئے۔ سرکاری وکیل داس بابو غصے سے لال پیلے ہو رہے تھے۔ انہیں جگن ناتھ کی مداخلت سخت ناگوار گزری تھی۔ پانڈے صاحب کی پیش کش پر اعتراض اٹھاتے ہوئے انہوں نے شعلے برساتی ہوئی زبان میں کہا "مائی لارڈ! یہ مداخلت بیجا ہے۔ ملزم ڈبل گریجویٹ ہے۔ وہ اپنا دفاع آپ کر سکتا ہے۔ ملزم سرکاری طور پہ ملنے والی مفت امداد کو ٹھکرا چکا ہے۔ میں عدالت سے درخواست کروں گا کہ پانڈے صاحب کی درخواست مسترد کر دی جائے تاکہ عدالت کا قیمتی وقت بے جا طور پہ ضائع نہ ہو۔"

"وقت سے زیادہ قیمتی ایک انسانی جان ہوتی ہے۔ مائی لارڈ!" انہوں نے ترکی بہ ترکی جواب دیا۔ ملزم ڈبل گریجویٹ ضرور ہے۔ لیکن قانونی نکات سے ناواقف نظر آتا ہے۔ قانون کی کتاب کا پہلا سبق یہی ہے کہ چاہے سیکڑوں مجرم رہا ہو جائیں لیکن کسی بے گناہ کو اس کے ناکردہ گناہ کی سزا نہ ملے۔ مائی لارڈ! میں بے حد مصروف وکیل ہوں لیکن میں یہ محسوس کر رہا ہوں کہ اگر میں نے اس بے گناہ ملزم کی مدد نہیں کی تو میرا ضمیر مجھے کبھی معاف نہیں کرے گا۔"

"ملزم مدن لال اگر تمہیں اعتراض نہ ہو تو پانڈے صاحب اپنا وکالت نامہ داخل کر سکتے ہیں۔" عدالت نے فیصلہ دیا۔ "مسٹر پانڈے آپ ملزم سے بات چیت کر سکتے ہیں۔ داس بابو کا اعتراض مسترد کیا جاتا ہے۔"

دوسرے دن مقدمہ کی کارروائی پھر شروع ہوئی۔ جگن ناتھ پانڈے نے ملزم مدن لال کے وکیل کی حیثیت سے اس کیس کی دھجیاں بکھیر دیں انہوں نے کہا پولیس نے صرف ایک اسی پہلو کو سامنے رکھ کر تحقیقات کی ہیں کہ مدن لال قاتل ہے۔ کیا ممکن نہیں کہ مدن لال جو کہہ رہا ہے وہ سچ ہو۔ اور کسی دوسرے آدمی نے قتل کیا ہو؟ مدن لال پڑھا لکھا نوجوان ہے اس کا ریکارڈ صاف ہے اس نے آج تک کوئی جرم نہیں کیا ہے۔ لاکٹ کی چوری کا جرم اُسے قبول ہے اور اس نے نہایت ایمانداری کے ساتھ اس کا اعتراف کر لیا ہے۔ پولیس نے مقتولہ کے بارے میں کوئی خاص معلومات حاصل نہیں کیں۔ وہ کون تھی؟ اس کا کیا پیشہ تھا؟ وہ کہاں کی رہنے والی تھی اس کی کسی سے دشمنی تو نہیں تھی۔ رات کے دس بجے وہ اس سنسان جگہ کیوں آئی تھی؟ مدن لال کے پاس ریوالور کہاں سے آیا؟ اور اگر اس نے چرایا تو کہاں سے؟ اور اگر اس نے سمندر میں پھینک دیا تو کنارے

پر اتنا پانی تھا کہ وہ فوراً ڈوب گیا؟ کانسٹیبل نے اگر اسے ریوالور پھینکتے دیکھا تو اس نے فوراً اس بات کی رپورٹ کیوں نہیں کی؟ جائے واردات سے سمندر کا ساحل ۲۵ گز کے فاصلہ پر ہے۔ کیا اتنے فاصلے سے ایک ہی کوشش میں ریوالور کو سیدھا سمندر کے اندر پھینکا جا سکتا ہے۔؟ اگر یہ فرض بھی کر لیا جائے کہ پھینکا جا سکتا ہے تو کیا اُسے وہیل مچھلی نگل گئی۔ پولیس نے اُسے حاصل کرنے کی کوشش کیوں نہیں کی۔ کیا پولیس مدن لال کو پھانسی کے پھندے پر لٹکانے کے لئے قتل کے دیگر امکانات سے جان بوجھ کر چشم پوشی کر رہی ہے؟ جس ریوالور سے گولی چلائی گئی کیا وہ ریوالور کسی عام آدمی کے پاس دستیاب ہو سکتا ہے؟ کیا پولیس نے ایسی کوئی کوشش کی کہ پولیس کمشنر کے آفس میں موجود رجسٹر کے مطابق اس ساخت کا ریوالور جس کا کچھ اندازہ مقتول کی کھوپڑی سے برآمد ہونے والی گولی سے کیا جا سکتا ہے، کن لوگوں کے پاس ہیں اور کیا ان سے مقتول کا کوئی تعلق ہے۔؟ سرکاری وکیل صاحب نے اس بات کا مذاق اُڑایا ہے کہ ملزم نے ایک سفید بال والے آدمی کو قتل کر کے بھاگتے دیکھا۔ بعض مقدمات میں پولیس نے صرف ایک بال کی وجہ سے قاتل ڈھونڈ نکالے ہیں۔ کیا اس مقدمے میں اس طرح کی کوئی کوشش ہوئی۔ اگر نہیں ہوئی تو کیوں نہیں ہوئی؟"

پانڈے صاحب نے عدالت سے درخواست کی کہ ملزم کو ضمانت پر رہا کر دیا جائے۔ اور اس کیس کی دوبارہ تحقیقات کا حکم دیا جائے ۔۔۔

داس بابو نے پانڈے صاحب کی پیش کردہ دلائل کی تردید میں اپنی دلیلیں پیش کیں لیکن عدالت میں مقدمہ کی کارروائی سننے والے عام آدمی تک یہ محسوس کر رہے تھے کہ ان دلائل میں کوئی وزن نہیں۔ اب یہ مقدمہ

قتل کا معمولی مقدمہ نہیں رہا تھا بلکہ دو ماہر قانون دانوں کے ذاتی وقار کی صورت اختیار کر چکا تھا۔ پہلے داس بابو اس مقدمہ کی وجہ سے عوام میں ہیرو بن گئے تھے اب یہ مقام پانڈے صاحب کو مل گیا تھا۔ عدالت نے ان کے پیش کردہ دلائل قبول کر لئے تھے۔ ملزم مدن لال کو ضمانت پر رہا کرنے کا حکم دیا گیا اور پولیس کو اس کیس کی ازسر نو تحقیقات کرنے کی ہدایت دی گئی۔

کیس کی تحقیقات ازسر نو شروع ہوئیں۔ ایک سینئر آفیسر مسٹر راجیش ٹنڈن کا تقرر اس کیس کی تفتیش کے لئے کیا گیا۔ انہوں نے کیس کی مکمل فائل اپنے پاس منگوائی اور اس کا مطالعہ کیا۔ کیس کی فائل دیکھنے پر پتہ چلا کہ مقتولہ جانکی بائی نئی نئی بمبئی آئی تھی۔ اپنے شوہر اوپی مہرہ اور اپنی جوان بیٹی سنیتا کے ساتھ وہ ایک اوسط درجے کے ہوٹل میں رہتی تھی۔ سنیتا فلموں میں چھوٹے موٹے رول کرنے والی ایک جونیئر آرٹسٹ تھی اور عام جونیئر آرٹسٹوں کی طرح ہیروئن بننے کے خواب دیکھ رہی تھی۔ وہ لوگ کانپور سے بمبئی آئے تھے جانکی اپنی بیٹی کو ہیروئن بنانے کے لئے فلم پروڈیوسروں کے دفتروں اور بنگلوں کے چکر کاٹ رہی تھی۔ ۶ رمئی کی شام کو وہ اپنی بیٹی سے کہہ کر باہر گئی تھی کہ آج وہ ایک اہم شخصیت سے ملاقات کرنے جا رہی ہے لیکن رات بھر وہ واپس نہ لوٹی۔ صبح سویرے سنیتا کے پاس پولیس اسٹیشن سے فون آیا کہ جانکی بائی کا قتل ہو گیا ہے۔ جانکی بائی کے پرس میں ہوٹل کا ایک کارڈ موجود تھا اور اسی کارڈ کے سہارے پولیس نے جانکی بائی کی رہائش گاہ کا پتہ لگایا۔ فون پر اطلاع ملتے ہی سنیتا اور مہرہ پولیس اسٹیشن پہنچے سنیتا نے اپنی ماں کا لاکٹ پہچان لیا جو ملزم مدن لال کی جیب سے برآمد ہوا تھا۔ سنیتا اور مہرہ کا بیان پولیس نے

ریکارڈ کیا تھا انہوں نے اپنے بیان میں کہا کہ وہ اس شہر میں نئے نئے آئے ہیں ان کا اس شہر میں کوئی دشمن نہیں۔ انہیں بھی شک ہے کہ ملازم مدن لال نے ہی لاکٹ کے لالچ میں جانکی بائی کو قتل کیا ہے۔ پوسٹ مارٹم کے بعد لاش ان کے حوالے کر دی گئی تھی۔

راجیش ٹنڈن نے اپنی تحقیقات کا آغاز اس ہوٹل سے کیا جہاں جانکی بائی اپنی بیٹی اور شوہر کے ساتھ مقیم تھی۔ ٹنڈن نے ہوٹل کے مینیجر سے رابطہ قائم کیا اسے پتہ چلا کہ جانکی بائی کی بیٹی سُنیتا ہوٹل میں موجود ہے لیکن ـــ اپنے باپ او۔ پی مہرہ کو دھکے مار کر ہوٹل سے نکال دیا ہے اور اب وہ اکیلی اپنے کمرے میں بند رہتی ہے سُنیتا کا اپنے باپ مہرہ سے ۸ رمئی کو جھگڑا ہوا تھا۔ یعنی قتل کے تیسرے دن۔

اسی روز اس نے مہرہ کو دھکے مار کر ہوٹل سے باہر نکال دیا تھا جھگڑے کی وجہ کسی کو معلوم نہیں تھی۔

ٹنڈن نے سُنیتا کے کمرے کا دروازہ کھٹکھٹایا۔ سُنیتا کی آنکھیں سوجی ہوئی تھیں صاف معلوم تھا کہ وہ کئی راتوں سے نہیں سوئی ہے۔ اور رو رو کر اس کی آنکھیں سُوج گئی ہیں۔ ٹنڈن نے اپنا شناختی کارڈ دکھایا اور اس سے باتوں میں یہ پتہ لگا لیا کہ جانکی بائی اپنے شوہر مہرہ کے ہاتھوں کٹھ پُتلی بنی ہوئی تھی۔ وہ اُس پر بہت ظلم ڈھاتا تھا۔ اس نے اُسے پرائیویٹ طور پر دھندہ کرنے پر مجبور کر دیا تھا اور اس کی کمائی پر عیش اڑاتا تھا۔ وہ اتنا بے غیرت تھا کہ جانکی بائی کی موت کے تیسرے ہی دن اس نے سُنیتا کو بتایا کہ ایک بہت بڑا سیٹھ سنیتا کو داشتہ بنا کر اپنے بنگلے میں رکھنے کے لئے تیار ہے۔ فلموں میں تو اسے کوئی خاص کامیابی نہیں ملی۔ لہذا وہ سیٹھ کی داشتہ بن کر اپنی زندگی سنوارلے۔ اسی بات پر ان

دونوں کے درمیان جھگڑا ہوا اور سُنیتا نے اُسے دھکے مار کر نکال دیا۔ اُسے اپنے باپ سے دلی نفرت تھی۔ ماں کی موت کے بعد اُس نے اس ذلیل انسان سے ہمیشہ کے لئے تعلق ختم کر دیا۔

سنیتا نے جانکی کی موت کے بعد اس کے سامان کو ہاتھ تک نہیں لگایا تھا پولیس نے جانکی کے سامان کی تلاشی لی لیکن اس میں کوئی قابل اعتراض چیز نہیں ملی۔ جانکی کے اپنے شوہر کے ساتھ دلہن کے لباس میں ایک تصویر تھی۔ سنیتا نے اس تصویر کو دیکھ کر حیرت کا اظہار کیا، کیونکہ جانکی کے ساتھ دولہا کے لباس میں جو شخص کھڑا ہوا تھا وہ مہرہ نہیں تھا۔ تصویر عین جوانی کی تھی۔ لیکن بڑھاپے میں بھی لمبی ناک کم نہیں ہوتی۔ مہرہ کی ناک طوطے کی چونچ کی طرح لمبی تھی، جبکہ جانکی کے ساتھ جو نوجوان کھڑا ہوا تھا اس کی ناک متناسب تھی۔ شکل وصورت سے وہ مہرہ سے بالکل مختلف تھا۔ سنیتا نے بتایا کہ اس نے جب سے ہوش سنبھالا ہے مہرہ کو ہی اپنے باپ کی حیثیت سے دیکھا ہے۔ ٹنڈن نے پوچھا کہ کیا مہرہ سے جانکی بائی کی دوسری شادی ہوئی تھی؟ لیکن سُنیتا نے اس بات سے لاعلمی کا اظہار کیا، کیونکہ جانکی نے اس بارے میں اس سے کبھی کچھ نہیں کہا تھا۔

سنیتا سے جب پوچھا گیا کہ کیا اُسے جانکی بائی کے قتل میں کسی پر شبہ ہے تو اس نے مہرہ پر اپنے شک کا اظہار کیا۔ ایک عرصہ سے جانکی بائی اور مہرہ میں جھگڑا ہو رہا تھا۔ مہرہ سُنیتا کو اپنی ماں کا پیشہ اپنانے کی ترغیب دے رہا تھا۔ لیکن جانکی بائی نے ہمیشہ اس کی مخالفت کی۔ کان پور سے بمبئی وہ فلموں میں کام کی تلاش میں آئے تھے لیکن سنیتا کو کوئی خاص رول نہ مل سکا۔ ساتھ لائے ہوئے زیورات آہستہ آہستہ بک رہے تھے۔ مہرہ کو شراب

کے لئے پیسہ دینا بند کر دیا گیا تھا اور وہ بانکی سے بہت ناراض تھا۔ سُنیتا کا خیال تھا کہ مہرہ نے ہی جانکی کو قتل کرا دیا تھا، ممکن ہے اس نے خود ہی قتل کیا ہو تا کہ جانکی کے راستے سے ہٹ جانے کے بعد وہ سُنیتا کو پیشہ کرنے پر مجبور کر سکے۔ پھر سُنیتا نے یہ چونکا دینے والا انکشاف کیا کہ مہرہ کے بال دودھ کی طرح سفید ہیں۔

سُنیتا کے پاس مہرہ کی ایک تصویر بھی ملی۔ اسی تصویر کے سہارے مہرہ کی تلاش شروع ہوئی۔ ایک گھٹیا قسم کے شراب خانے میں پولیس نے مہرہ کو ڈھونڈ نکالا۔

مہرہ نے اپنے بیان میں جو انکشافات کئے وہ بڑے عجیب و غریب تھے۔ اُس نے یہ اقرار کیا کہ وہ جانکی بائی کا قانونی شوہر نہیں اور نہ سنیتا اس کی بیٹی ہے۔ جانکی بائی کلکتہ کے ایک نامور وکیل کی بیوی تھی۔ مہرہ ان وکیل صاحب کے یہاں کلرک تھا۔ سُنیتا اسی وکیل کی بیٹی ہے۔ جانکی کا اصلی نام سمترا تھا۔ وکیل صاحب اپنے کاموں میں بے حد مصروف رہتے تھے۔ سمترا کسی آزاد تتلی کی طرح اُڑنا چاہتی تھی۔ لیکن وکیل صاحب کو اس سے بات کرنے کی بھی فرصت نہیں ملتی تھی۔ مہرہ شاپنگ وغیرہ کے لئے سمترا کے ساتھ جاتا تھا۔ رفتہ رفتہ وہ دونوں قریب آتے گئے۔ یہ بات سمترا کے شوہر کو بھی معلوم ہو گئی۔ لیکن اب بہت دیر ہو چکی تھی۔ وکیل صاحب نے مہرہ کو ملازمت سے نکال دیا اور جانکی پر پابندی لگا دی کہ وہ اُن کی اجازت کے بغیر باہر نہ نکلے۔ جانکی نے مہرہ کے بہکاوے میں آکر بغاوت کر دینے کا فیصلہ کر لیا ایک رات وہ ہزاروں کے زیورات اور اپنی دودھ پیتی بچی سنیتا کو لے کر بھاگ نکلی۔ مہرہ اور سمترا ننھی سُنیتا کے ساتھ کانپور میں آکر رہنے لگے۔ مہرہ نے وہاں چھوٹے پیمانے پر بزنس شروع کر دیا۔ ابتدا میں تو قسمت نے اُن کا ساتھ دیا لیکن رفتہ رفتہ مہرہ کا اصلی روپ سامنے آنے لگا۔ وہ پہلے

درجے کا عیاش ور شرابی آدمی تھا۔ اُسے جوا کھیلنے کا بھی شوق تھا۔ اسی بے راہ روی اور بدچلنی کی وجہ سے وہ دوبارہ قلاش ہوگیا۔ سمترا کے زیورات بکنے لگے لیکن سمترا نے اپنے اس لاکٹ کو زندگی بھر اپنے سے دور نہیں رکھا۔ کیونکہ وہ اس کی ماں کی نشانی تھی۔ مرتے دم تک وہ لاکٹ اس کے گلے میں موجود تھا۔ پھر فاقوں کی نوبت آگئی اور اب سمترا کے سامنے اس کے علاوہ کوئی راستہ نہیں تھا کہ سمترا سے جانکی بائی بن جائے۔ جب تک جوانی تھی پیسوں کی ریل پیل رہی، دوبارہ زیورات بن گئے۔ جب جوانی رخصت ہونے لگی تو دولت نے بھی منہ پھیرلیا۔ اب زندہ رہنے کے لئے سُنیتا کا ہی سہارا تھا۔ لیکن سمترا اُسے تباہ کرنا نہیں چاہتی تھی۔ اُسے اپنی خوبصورت بیٹی کے لئے فلمی دنیا کا راستہ نظر آیا۔ اندھیرے میں اُجالے کی کرن ڈھونڈنے کے لئے وہ لوگ بمبئی آگئے۔ لیکن یہاں آکر بھی انہیں ناکامی اور مایوسی کا سامنا کرنا پڑا۔ فلموں میں بس چھوٹے موٹے پارٹ سُنیتا کو ملے۔ آمدنی کم اور خرچ زیادہ جانکی بائی کے زیورات پھر بکنے لگے۔ لیکن وہ اپنی بیٹی کو جسم فروشی کے ذلیل پیشے کو ہرگز اپنانے نہ دے گی۔ اس بات پر مہرہ سے اس کے جھگڑے شروع ہوئے تھے۔ پھر اس کا قتل ہوگیا۔ مہرہ نے قسمیں کھا کر یقین دلانے کی کوشش کی کہ، جانکی بائی سے اس کے جھگڑے ضرور ہوئے۔ لیکن اس قتل سے اس کا کوئی تعلق نہیں ہے۔

پولیس نے شبہ کی بنا پر مہرہ کو حراست میں لے لیا۔ عدالت سے مزید تحقیقات کے لئے ریمانڈ حاصل کیا گیا۔ سرکاری وکیل داس بابو ان دنوں کشمیر گئے ہوئے تھے اس لئے کیس کی پیروی اُن کے معاون کر رہے تھے

مہرہ نے جانکی کے سامان سے برآمد ہونے والی تصویر کو دیکھ کر پہچان لیا کہ یہ تصویر جانکی کے اصلی شوہر کی ہے۔ مہرہ کے بتلائے ہوئے

پتہ پر کلکتہ میں جانکی کے شوہر کو تلاش کیا گیا۔ پتہ چلا کہ سمترا (جانکی بائی) کے گھر سے بھاگ جانے کے بعد اس کے شوہر کی بہت بدنامی ہوئی اور اسی بدنامی کے ڈر سے انہوں نے کلکتہ چھوڑ دیا۔ اب وہ کہاں ہیں، یہ کسی کو نہیں معلوم تھا۔

داس بابو کشمیر سے واپس لوٹے تو انہیں یہ سُن کر بڑی مایوسی ہوئی کہ جانکی مرڈر کیس ایک ڈرامائی صورت اختیار کر چکا ہے۔ جگن ناتھ پانڈے نے کیس کا رُخ ہی بدل دیا ہے۔ جس مدن لال کو وہ پھانسی کے پھندے تک پہنچا چکے تھے وہ قتل کے جُرم سے بَری ہو چکا ہے۔ پولیس نے اس کے خلاف دائر کردہ قتل کا مقدمہ واضح ثبوت نہ ملنے کی وجہ سے واپس لے لیا ہے اور اب اس پر صرف لاکٹ کی چوری کا مقدمہ دائر کیا گیا ہے۔ انہیں اس بات پر بہت دُکھ ہوا کہ پولیس نے مقدمہ واپس لیتے وقت ان سے مشورہ کرنے کی بھی ضرورت نہیں محسوس کی۔ پولیس افسروں کے قانونی معاملات میں وہ ہمیشہ رہنمائی کرتے تھے اور ان کے مشورے کے بغیر کوئی کام پورا نہیں ہوتا تھا۔ ادھر ان کی غیرموجودگی میں اُن کے معاون مقدمہ واپس لے چکے تھے۔ داس بابو کے اعتماد کو زبردست ٹھیس پہنچی۔ انہوں نے اسی وقت سرکاری ملازمت سے اپنا استعفیٰ لکھا اور گھر چلے آئے۔ جونیئر وکلاء نے اس اقدام کو داس بابو کی شکست سے تعبیر کیا۔ ان کے دوستوں نے ان کو سمجھایا لیکن وہ اپنی ضد پر اڑے رہے پولیس کمشنر نے بذاتِ خود ان سے استعفیٰ واپس لینے کی درخواست کی، لیکن وہ نہیں مانے۔

ایک دن صبح سویرے روی ٹنڈن داس بابو کے گھر پہنچا۔ پولیس والے وقت بوقت صلاح مشورے کے لئے ان کے یہاں آتے جاتے ہی رہتے تھے، داس بابو ہمیشہ مسکراتے ہوئے ان کا استقبال کرتے تھے، لیکن آج روی ٹنڈن

کو دیکھتے ہی ان کی پیشانی پر سلوٹیں نمودار ہو گئیں۔

"مسٹر ٹنڈن" وہ بڑے روکھے لہجے میں بولے "آپ جانتے ہیں کہ میں نے سرکاری ملازمت سے استعفیٰ دے دیا ہے۔"

"میں تو یوں ہی چلا آیا تھا آپ سے ملنے کے لئے" ٹنڈن نے نہایت انکسار کے ساتھ کہا۔

"آپ کی آمد سے مجھے خوشی ہوئی لیکن امید ہے کہ آپ مجھ سے کوئی مشورہ طلب نہیں کریں گے۔"

"ہرگز نہیں —— " ٹنڈن نے ہاتھ اٹھا کر ہنستے ہوئے کہا "کیوں نہ ہم کشمیر کی باتیں کریں۔"

"آج موڈ نہیں ہے۔"

"خیر، یہ تصویر دیکھئے" ٹنڈن نے اپنی جیب سے جانکی اور اس کے شوہر کی تصویر نکال کر انہیں دکھائی۔

"کون ہیں یہ لوگ؟" داس بابو نے تصویر کو غور سے دیکھنے کے بعد پوچھا۔

"جانکی اور اس کا اصلی شوہر۔"

"آئی۔سی —— لیکن مجھے یہ دکھانے کا مقصد؟" داس بابو نے پوچھا۔

ٹنڈن کچھ دیر خاموش رہا پھر اس نے آہستہ سے کہا "میں سمجھا تھا کہ آپ جانکی کے شوہر سے واقف ہوں گے۔"

"وہ کیسے؟"

"کیوں کہ وہ ایک وکیل ہے۔"

"ہندوستان میں لاکھوں وکیل ہیں کیا میں اُن سب سے واقف ہوں؟"

"میں ان لاکھوں کی نہیں، ـــــ اس کی بات کر رہا ہوں جو لاکھوں میں ایک ہے۔ ممکن ہے آپ بھول گئے ہوں۔ یہ جانکی کے شوہر کی نوجوانی کی تصویر ہے اب تک تو وہ بوڑھا ہو چکا ہوگا۔ ان سلیقے سے جمے ہوئے سیاہ بالوں کی بجائے۔ سفید کھچڑی بال ہوں گے۔ یہ بڑی بڑی خوبصورت آنکھیں موٹے شیشے کی عینک کے پیچھے چھپ گئی ہوں گی۔

"پھر اب آپ اُسے کیسے پہچان سکیں گے؟" داس بابو نے پوچھا۔

"تاڑنے والے قیامت کی نظر رکھتے ہیں۔" ٹنڈن کی مسکراہٹ گہری ہو گئی۔

"اب میری ہی مثال لے لیجئے، کل کو اگر میں بوڑھا ہو جاؤں، میرے بال سفید ہو جائیں، میری آنکھوں پر عینک لگ جائے، تو کیا آپ مجھے نہیں پہچانیں گے؟"

"وہائی ناٹ؟"

اب اپنی یہ تصویر دیکھئے ـــ ٹنڈن نے داس بابو کی ایک تصویر کی طرف اشارہ کرتے ہوئے کہا، جس میں وہ اپنی وکالت کی ڈگری لئے۔ گون پہنے کھڑے تھے۔ "کیا اس تصویر میں آپ کی بال سلیقے سے جمے ہوئے نہیں؟ کیا اس تصویر میں آپ کی آنکھوں پر عینک ہے؟ لیکن میں نے پہچان لیا کہ گون پہنے ہوئے آپ ہی کھڑے ہیں۔ خیر اس ذکر کو چھوڑیئے۔ یہ بتایئے کہ کیا آپ کے پاس اس کے علاوہ بھی کوئی اور نوجوانی کی تصویر ہے؟"

"جی نہیں، اس کے علاوہ میرے پاس، میری نوجوانی کی کوئی تصویر نہیں ہے۔"

"لیکن میرے پاس آپ کی نوجوانی کی ایک تصویر ہے۔" ردی ٹنڈن نے مسکراتے ہوئے کہا۔

"کون سی؟"

"یہی جو آپ دیکھ چکے ہیں ـــــ اپنی بیوی سمترا عرف جانکی بائی کے ساتھ ـــ آپ ہی سمترا کے شوہر مسٹر ایس، آر، داس گپتا ہیں۔ آپ ہی کے گھر سے بھاگ کر جانکی کا پنور چلی گئی تھی۔ اور آپ نے اسی بدنامی کے ڈر سے کلکتہ چھوڑ دیا تھا اور بمبئی میں آکر پریکٹس شروع کردی تھی یہیں آپ نے قدم جمائے، اور آپ سرکاری وکیل بن گئے۔"

"آئی۔ سی" داس بابو نے ایک ٹھنڈی سانس لے کر کہا۔ "کہانی جاری رکھئے۔"

"آپ کہانی کی بات کر رہے ہیں داس بابو ـــ میں حقیقت بیان کر رہا ہوں۔ ملزم مدن لال کا بیان صحیح ہے کہ اس نے ایک سفید بالوں والے آدمی کو دیکھا تھا۔ قتل کر کے آپ بھاگ گئے تھے۔ مدن لال کی بدقسمتی اُسے وہاں لے آئی، اور آپ کی خوش قسمتی کہ آپ ہی کی طرف اس کا مقدمہ آیا۔ آپ نے اُسے پھانسی پر چڑھا دینے کے لئے ایڑی چوٹی کا زور لگایا تاکہ مدن لال کو پھانسی ہو جائے اور آپ جین کی بالسری بجا سکیں لیکن قانون کے لمبے ہاتھ ایک نہ ایک دن مجرم کی گردن تک پہنچ ہی جاتے ہیں۔ آپ نے وہ ریوالور ممکن ہے کہیں چھپا دیا ہو یا پھینک دیا ہو لیکن آپ کے ریوالور کے لائسنس کی تفصیلات پولیس کمشنر کے آفس میں موجود ہیں۔ ۶ رمئی کی شام آپ نے ریوالور کی گولیاں خریدیں۔ اس کی تفصیلات دکاندار کے ریکارڈ میں موجود ہیں۔ اس کے کیش میمو پر آپ کے ریوالور کا لائسنس نمبر اور آپ کے دستخط موجود ہیں۔ بدقسمتی سے اسی قسم کی گولی پوسٹ مارٹم کے وقت جانکی بائی کی کھوپڑی سے برآمد ہوئی۔ میرا خیال ہے کہ آپ کو پھانسی کے پھندے تک پہنچانے کے لئے اتنے ثبوت کافی ہونگے۔"

"کہانی کا دوسرا حصہ بھی حرف بہ حرف صحیح ہے۔ سوا اس جملے کے کہ میں نے ریوالور چھپا دیا یا ضائع کر دیا۔" کچھ دیر تک داس بابو اپنی جگہ پر کسی مجسمے کی طرح بے حرکت بیٹھے رہے۔ پھر دھیرے سے انہوں نے اپنی میز کی دراز کھولی اور لپک کر ایک ریوالور نکال لیا۔ "مسٹر ٹنڈن، میں آپ سے زیادہ قانون جانتا ہوں۔ شاید آپ بھی جانتے ہوں گے کہ ایک ——— قتل کے الزام پر بھی صرف ایک بار پھانسی ہوتی ہے۔ ایک قتل میں نے جانکی کا کیا تھا، کیونکہ وہ مجھے بلیک میل کرنا چاہتی تھی۔ میری بیٹی کو غلط راستے پر لگا رہی تھی اور مجھے بدنام کرنے کی دھمکیاں دے رہی تھی۔ میں نے اس کے مطالبے کے مطابق بیس ہزار روپے دے کر ہمیشہ کے لئے اس سے چھٹکارا پانے کا فیصلہ کر لیا، لیکن مجھے اس پر بھروسہ نہیں تھا۔ جو عورت شوہر کو چھوڑ کر گھر سے بھاگ سکتی ہے، جو عورت پیشہ کر سکتی ہے اس کی زبان پہ کیسے بھروسہ کیا جائے؟ میں نے اسے ختم کرنیکا فیصلہ کر لیا۔ سمندر کی اس سنسان جگہ میں نے اُسے روپیہ دینے کے لئے بلوایا اس سے پیار بھری باتیں کیں۔ اور اس سائیلنسر لگے ہوئے پستول سے گولی چلا دی۔ یکایک مدن لال دوڑتا ہوا ہماری سمت آتا ہوا نظر آیا۔ میں پلک جھپکتے میں اپنی کار میں بیٹھ کر فرار ہو گیا اور مدن لال خون کے الزام میں گرفتار ہو گیا ——— اس پستول پر اس وقت بھی سائیلنسر لگا ہوا ہے۔ اس میں دو گولیاں موجود ہیں۔ مجھے امید ہے کہ ایک گولی آپ کے لئے کافی ہوگی۔ اور دوسری گولی میرے لئے۔"

"صرف ایک منٹ" ٹنڈن نے بھگوان کو یاد کرنے کے انداز میں ہاتھ اوپر اٹھائے اور دوسرے ہی لمحہ اس کا ایک زبردست گھونسہ داس بابو کے جبڑے پر پڑا۔ ان کے ہاتھ سے ریوالور نیچے گر پڑا۔ اچانک

ٹمنڈن نے اپنے رومال سے ریوالور اٹھاتے ہوئے کہا۔" داس بابو ریوالور چلانا آپ کا کام نہیں۔ آپ کا کام ہے قانون کی کتابیں پڑھنا اب آپ اپنے بچاؤ کے لئے کوئی قانونی نکتہ سوچئے ـــــــــــ اور خصوصاً اس نکتے پر غور کیجئے کہ میری جیب میں ایک ننھا سا ٹیپ ریکارڈر بھی موجود ہے جو آپ کے اقبالیہ بیان کو ریکارڈ کر چکا ہے۔"

ٹرانسفر سین

کلب کی نیرنگیاں عروج پر تھیں۔ چند خوش فکرے ناچ رہے تھے۔ چند ایک نے بیئر کی بوتلیں کھول رکھیں تھیں اور ہلکے ہلکے کش لے رہے تھے۔ گپتے ہانکنے والوں کے گروپ الگ جمع ہوئے تھے۔ چند ایک افلاطون اور ارسطو کے پوز میں خاموش بیٹھے ہوئے خلا میں گھور رہے تھے۔ ان ہنگاموں سے دور ایک اداس گوشہ میں مہرہ صاحب تنہا بیٹھے ہوئے کافی پی رہے تھے۔ آج لوگوں نے سین گپتا کو گھیر رکھا تھا۔ جو کل تک مہرہ صاحب کا اسسٹنٹ تھا۔ مہرہ صاحب آج شام ہی ملازمت سے ریٹائر ہوئے تھے، اور انہوں نے اپنے سابق اسسٹنٹ سین گپتا کو چارج دیا تھا۔ آج سین گپتا کی شان ہی نرالی تھی۔ مہرہ صاحب جس محکمہ کے سکریٹری تھے وہ عہدہ ہی ایسا تھا کہ اگر وہاں کسی گدھے کو بھی بٹھا دیا جائے تو وہ گلفام بن جائے۔ اس زمانہ میں لائسنس اور کوٹہ دینے والا افسر آنکھوں کا تارا بن جاتا ہے۔ اگر سین گپتا بن جاتے تو کیا حیرت ہے۔ مہرہ صاحب کو ملال صرف اس بات کا تھا کہ لوگ اتنے خودغرض کیوں ہوتے ہیں۔ کیا دنیا میں انسان کی عزت صرف اس کے عہدہ اور حیثیت سے

ہی ہوتی ہے۔ لوگ الہ دین کے چراغ کی طرح اس کے غلام ہوتے ہیں جس کے ہاتھ میں جادوئی چراغ ہو۔ آج جادوئی چراغ ان کے پاس نہیں بلکہ سین گپتا کے پاس پہنچ گیا ہے۔ اس لئے لوگ اُس کے اردگرد منڈلا رہے ہیں۔ کل تک جو انہیں جھک جھک کر سلام کرتے تھکتے وہ آج سین گپتا کی جی حضوری میں مصروف ہیں۔ پرنس ہوٹل کا مالک میرچندانی جو مہرہ صاحب کا دوست بنا ہوا تھا اور مہرہ صاحب نے اس کے بہت سے کام کئے تھے آج اُن سے اجنبیوں کی طرح ملا۔ آج جب وہ کلب میں آئے تو میرچندانی نے رسمی مسکراہٹ کے ساتھ انہیں وش کیا اور پہلا سوال یہ کیا: "تو آپ نے آج سین گپتا کو چارج دے دیا" جواب اثبات میں ملتے ہی وہ فوراً کھسک گیا گویا وہ یہ بات کنفرم کرنا چاہتا تھا کہ آج سین گپتا نے چارج لے لیا ہے۔ تھوڑی دیر بعد وہ بھی سین گپتا کے خوشامدیوں کی بھیڑ میں نظر آنے لگا۔ کل تک وہ مہرہ صاحب کے قصیدے گاتا تھا۔ پتہ نہیں اُسے کیسے معلوم ہوتا کہ آج مہرہ صاحب کتنے بجے کلب آنے والے ہیں۔ مہرہ صاحب جونہی کلب میں داخل ہوتے۔ وہ ان کی راہوں میں پلکیں جھکائے ان کا منتظر ہوتا اور پھر کلب سے اُن کی روانگی کے ساتھ سیائے کی طرح ان کے پیچھے رہتا۔ سیٹھ کندن مل جوہری جو ایک بڑے گھپلے میں پھنسے تھے، مہرہ صاحب کی دوستی کی وجہ سے جیل جانے سے بچے آج انہوں نے دور ہی سے مہرہ صاحب کو نمسکار کیا۔

سین گپتا نے بھی آج انہیں سر کی بجائے مہرہ صاحب ہی کہا تھا جبکہ کل تک وہ مہرہ صاحب کی اجازت کے بغیر کرسی پر نہیں بیٹھتا

تھا۔ مہرہ صاحب جب بھی کلب میں آتے ملنے والوں کی بھیڑ لگ جاتی لیکن آج وہی مہرہ صاحب تنہا ایک کونے میں بیٹھے کافی کے گھونٹ بلکہ صبر کے گھونٹ پی رہے تھے۔

انہیں ایک کونہ میں بیٹھا دیکھ کر مہتہ بھائی ان سے چپک گیا۔ مہتہ ایک زمانے میں فلمی دنیا کا مانا ہوا پروڈیوسر تھا۔ لیکن دو چار فلمیں فلاپ ہونے کے بعد وہ اب دیوالیہ ہو چکا تھا۔ لوگ اس کے سائے سے دور بھاگتے تھے۔ مہرہ صاحب نے تو آج تک اس کے سلام کا بھی جواب نہیں دیا تھا لیکن آج مہتہ کی کمپنی ان کے لئے کسی نعمت سے کم نہیں تھی۔ مہتہ کو گپے ہانکنے کی بُری عادت تھی۔ وہ اپنی بات چیت میں ہمیشہ یہ ثابت کرنے کی کوشش کرتا تھا کہ آج بھی فلمی دنیا میں اس کا بول بالا ہے جب کہ لوگ یہ جانتے تھے کہ وہ کتنے فیصد جھوٹ بول رہا ہے۔

"مہرہ صاحب! آپ ریٹائر ہو گئے ہیں وقت گزارنا مشکل ہوگا آپ کے لئے۔"

"ارے بھئی! گورنمنٹ ہمیں کہاں بیکار بیٹھنے دیتی ہے۔ آج یہ نوکری ختم ہوئی کل کوئی اور کام آجائے گا۔"

"چھوڑیئے ان نوکریوں کو مہرہ صاحب، کام تو ایسا ہو کہ کام کا کام اور دلچسپی کی دلچسپی۔"

"ایسا کام کہاں ملتا ہے؟"

"ہم جو ہیں حضور آپ کے خادم" مہتہ نے فلمی زبان میں بکرا پھانسنے کے انداز میں کہا۔ "آپ نے بہت سی کتابیں لکھی ہیں، ایک فلمی کہانی لکھیئے۔ وہ فلم ہم دونوں مل کر بنائیں گے۔ آدھا فائنانس آپ دیجئے آدھے کا

میں بندوبست کرتا ہوں۔"

"یہ فلمی کہانی کا چکر تب مجھے نہیں معلوم۔"

"میں ابھی پریاگ راج کو فون کرتا ہوں وہ آپ سے ڈسکس کرے گا۔"

مہرہ صاحب کے جواب کا انتظار کئے بغیر وہ فون کرنے چلا گیا۔

ہنتہ صاحب کے جاتے ہی مہرہ صاحب نے اطمینان کا سانس لیا کہ چلو کسی طرح ٹلا تو سہی۔ مسز ملہوترہ انہیں اکیلا بیٹھے دیکھ کر تیر کی طرح ان کے پاس آئیں

"مہرہ صاحب آپ اور اکیلے۔"

"ہنتہ بھائی بیٹھے تھے فون کرنے گئے ہیں۔"

"کون۔ وہ فلموں والا ہنتہ"

"ہاں وہی ـــــ مجھے رائے دے رہا تھا کہ آپ فلمی کہانی لکھیے۔"

"پھر آپ نے کیا سوچا؟" مسز ملہوترہ نے ہنستے ہوئے پوچھا۔

"سوچ رہا ہوں کہ لکھ ہی دوں ـــــ الہ دین اور جادوئی چراغ۔"

"موضوع اچھا رہے گا۔"

"یہ تو پرانا موضوع ہو گیا۔ خیر چھوڑیئے آپ کلکتہ کب جا رہے ہیں؟"

"اب کیسے جائیں گے....؟"

"کیوں؟"

"شاید آپ کو پتہ نہیں، میں آج سے ریٹائر ہو گیا ہوں۔"

"ریٹائر ـــــ؟" وہ ایسی چونکی گویا بچھو نے ڈنک مار دیا ہو۔

"آئی ایم ساری، مجھے پتہ نہیں تھا۔"

اس میں سوری کی کیا بات ہے۔ سرکاری ملازمت میں ریٹائر ہونا ہی پڑتا ہے۔"

"اور آپ کا چارج ؟"

"سین گپتا۔"

"آئی سی" وہ عجیب مشکل میں پھنس گئی تھی۔ اور مہرہ صاحب نے محسوس کیا کہ وہ وہاں سے کھسکنے کے لئے بہانہ تلاش کر رہی تھی۔ مہتہ فون کر کے واپس آ رہا تھا۔

"وہ بور واپس آ رہا ہے" وہ سرگوشی کے انداز میں بولی۔ "کہیں مجھے ہیروئن بنانے کی پیش کش نہ کر دے" وہ کرسی سے اٹھ کھڑی ہوئی۔ "ذرا سین گپتا کو مبارک باد دے دوں ورنہ کیا سوچے گا۔" یہ کہہ کر وہ وہاں سے کھسک گئی۔ اور سین گپتا کے حلقے میں شامل ہو گئی جہاں میر چندانی لطیفے سنا رہا تھا۔

مہتہ بھائی پھر نازل ہو گئے۔

"یہ پریاگ راج عجیب آدمی ہے۔ کہہ رہا تھا کہ آج نہیں آ سکتا میرے کاکا سے ریلیشن ہیں۔ وہ کہہ رہا تھا مہتہ بھائی! ڈمپل اگر دوبارہ فلموں میں آئے گی۔ تو ابتدا، آپ کی فلم سے ہو گی۔"

"کون کاکا؟"

"راجیش کھنہ، آج کا سپر اسٹار"

"اور یہ ڈمپل کون ہوئی؟"

"آپ نے فلم بوبی کا نام سنا۔"

"سنا ہے مگر دیکھی نہیں۔"

"مہرہ صاحب آپ کی کہانی، ڈمپل کی جوانی اور آر۔ ڈی برمن کی مہربانی کرشمہ دکھا سکتی ہے۔ دادا منی میری فلموں میں مفت کام کرنے کے لئے تیار ہیں

ثریا کہتی ہے مجھے پہلے بیک کا چانس دو! مہتا یہ روز فون کرکے پوچھتا ہے، مہتہ بھائی! مجھے کب سائن کر رہے ہو؟"

"لیکن مہتہ مجھے فلموں کا تجربہ نہیں۔"

"لیکن مجھے تو ہے۔"

"میں نہیں جانتا فلمی کہانی کیسے لکھتے ہیں!" مہرہ صاحب نے جان چھڑانے کی کوشش کی۔

"میں بتاتا ہوں" مہتہ جما رہا "فلم ٹیکنک میں ایک واقعہ اور اس کے چھوٹے چھوٹے حصے ہوتے ہیں۔ سیکوئنس (واقعہ SEQUENCE کی شروعات "فیڈ ان" سے کرکے اختتام "فیڈ آوٹ" سے کرنا ہوتا ہے۔ درمیانی حصے "کٹس" سے دکھائے جاسکتے ہیں۔ ماضی "ڈیزالو" سے دکھایا جاسکتا ہے اور اسپیڈ بڑھائی جاتی ہے۔ مکس سے۔"

"آپ صرف کہانی لکھئے۔ باقی میں سب سنبھال لوں گا" مہتہ بات ختم کرنا نہیں چاہتا تھا۔

"فرض کیجئے کہ آپ کو دکھانا ہے کہ ایک غریب آدمی ہے، وہ یکا یک امیر ہو گیا یا ایک دیوالیہ جیسے یکا یک لاٹری کا انعام مل گیا۔ کل تک جو اس کے سائے سے دور بھاگتے تھے اب اس کی خوشامد کرنے لگے۔ اس کے کئی رشتہ دار پیدا ہو گئے وغیرہ، وغیرہ' یہ واقعہ آپ کو ٹرانسفر سین کے ذریعہ دکھانا ہوگا۔

"یکایک مبر جیندانی قریبًا دوڑتا ہوا ـــــــــــ مہرہ صاحب کے پاس آیا۔

"مبارک ہو! مہرہ صاحب" وہ اپنی پھولی ہوئی سانسوں پر قابو پاتا ہوا بولا۔ ابھی ابھی ریڈیو پر خبر آئی ہے کہ حکومت نے آپ کو انڈسٹریل بورڈ کا چیئرمین مقرر کرنے کا فیصلہ کیا ہے۔ پرمٹ اور کوٹہ دینے کا فیصلہ کرنے کا آپ کو اختیار رہے گا۔ سین گپتا آپ کے سکریٹری ہوں گے۔"

تھوڑی ہی دیر میں مہرہ صاحب کو مبارکباد دینے کا تانتا بندھ گیا۔ اس بھیڑ میں سین گپتا بھی تھا۔ مسز ملہوترہ بھی تھیں، میرچندانی بھی تھا اور سیٹھ کندن مل بھی۔ مہرہ صاحب نے باری باری سب سے ہاتھ ملایا اور پھر مہتہ صاحب کے کندھے پر ہاتھ رکھ کر کہا۔ "تو ہاں مہتہ بھائی! آپ ٹرانسفر سین کے بارے میں کیا کہہ رہے تھے۔؟"

وہ آہستہ آہستہ چلتے ہوئے کلب کے باہر نکل گئے۔ سین گپتا —— میرچندانی، سیٹھ کندن مل اور مسز ملہوترہ کے چہرے پر ہوائیاں اڑنے لگیں۔ لیکن مہرہ صاحب دور جاچکے تھے۔ اب مہتہ بھائی ان کے قریب آچکا تھا اور ان کے سابق دوست دور کے ڈھول بن چکے تھے۔ جو دور ہی سے سہانے لگتے ہیں۔

بلاعنوان

ٹھیک نو بجے کال بیل کی زنّاٹے دار آواز سے کمرہ گونج اٹھا —— دروازے سے آنے والے کا چہرہ دیکھے بغیر میں نے دروازہ کھول دیا اور قیاس کے عین مطابق آشا سامنے کھڑی تھی مجھے سلیپنگ گون میں دیکھ کر وہ بھڑک اٹھی "مجھے پتہ تھا تم تیار نہیں ہو سکے۔ اتنی دیر تک کیوں سوتے ہو۔"

"باہر کیوں کھڑی ہو اندر آؤ۔"

"تم باہر آؤ" وہ تحکمانہ لہجہ میں بولی "دس منٹ میں تیار ہو جاؤ — مس مستری انتظار کر رہی ہوں گی۔"

"تم جانتی ہو کہ دس منٹ، ٹائی کی گرہ ٹھیک کرنے میں لگتے ہیں اور مجھے سوٹ پہننا ہے۔"

"اوہ۔ گاڈ،" اس نے اندر داخل ہوتے ہوئے کہا۔ انڈیا میں ٹائم بہت سستی چیز ہے، لوگ وقت کی قدر نہیں جانتے۔"

"تمہیں کس نے کہا تھا سویرے سویرے ٹپک پڑنے کے لئے"

"تم نے" وہ غصے سے کانپ رہی تھی "مس مستری سے ساڑھے نو کا اپائنٹمنٹ ہے۔ ہم لیٹ ہو گئے تو وہ کیا سوچے گی، اس کے ممّی پاپا کیا

بولیں گے۔"

"کیا بولیں گے" مجھے بھی غصہ آگیا "ایک تو سنڈے پر بلایا ہے۔ یہ جانتے ہوئے بھی کہ ہمیں صرف آج ہی آرام کرنے کا موقعہ ملتا ہے!"

"آرام حرام ہے ایبل" وہ لیڈروں کے انداز میں بولی۔ "تم جانتے ہو آج کتنے اپائنٹمنٹز ہیں۔ ٹی مستری کے یہاں، لنچ خیبر میں، رانا ٹیپو سب آرہے ہیں۔ ڈنر اسکائیلاک میں ڈیپل بھی آئے گی...... اب چلو بھی۔"

وہ کپڑے تبدیل کرنے کے لئے دوسرے کمرے میں چلا گیا۔ آشا صوفہ پر نیم دراز ہو کر باقاعدہ ہدایتیں دینے لگی۔

"وہ گرے رنگ کا سوٹ پہننا جو مس مہتہ کے برتھ ڈے پر پارٹی میں پہنا تھا...... اس میں خوب جچتے ہو...... ٹائی میچنگ ہونی چاہیئے...... بال ٹھیک سے جمانا۔ تمہاری لٹیں چہرے پر آجاتی ہیں.... پورے مجنوں نظر آتے ہو۔"

میں سوٹ پہن کر سامنے آیا تو وہ صوفہ پر نیم دراز تھی۔ مجھے دیکھ کر اُٹھ کھڑی ہوئی۔ "یہ کون سوٹ پہن لیا.... کہاں سلوایا ہے۔ .... شولڈر لٹک رہے ہیں..... پینٹ اتنی ڈھیلی کیوں ہے۔ چارلی چپلن کے سگے سمبندھی نظر آرہے ہو..... اوہ گاڈ مس مستری کیا سوچے گی۔"

"دیکھئے محترمہ! مس مستری کے یہاں میں چائے پر جارہا ہوں۔ اُن سے رشتہ طے کرنے نہیں!"

"تم سے رشتہ کون طے کرے گا۔" اُس نے قہقہہ لگایا "بالکل بنڈل آدمی ہو..... صورت اچھی خاصی ہے لیکن کپڑے پہننے کی

تیز نہیں۔"

"بس، بس اب زیادہ بکچر نہ دیجئے ساڑھے نو بجے پہنچنا ہے نا؟"

"او گاڈ! نو پچیس ہو گئے...... شکر ہے کہ تم نے چالیس منٹ نہیں لگائے...... اب چلو بھی...... میں کار لائی ہوں اس میں چلیں گے

کار چلاتے ہوئے بھی وہ اپنی زبان چلاتی رہی، "تم صبح ورزش کرتے ہو یا نہیں...... سوپ پیتے ہو...... انڈے کھاتے ہو...... پھل کھاتے ہو...... شیو کے لئے کون سا بلیڈ استعمال کرتے ہو...... کونسی لانڈری میں کپڑے دُھلاتے ہو...... کس ٹیلر سے کپڑے سلواتے ہو۔ اور پھر میرے ہر جواب پر اپنی رائے دیتی۔ تمہارے لئے فلاں نہیں، فلاں ورزش اچھی ہے۔ فلاں نہیں فلاں ٹانک اچھا ہے وغیرہ وغیرہ

مِس مستری کے یہاں ہم صرف دس منٹ لیٹ پہنچے وہ اپنا لمبوترا چہرہ اور لمبوترا کیئے ہمارا انتظار کر رہی ہے۔" پورے دس منٹ لیٹ...... !" اس نے شکایتی لہجے میں کہا۔

"بات یہ ہے کہ راستے میں میری کار پنکچر ہو گئی تھی۔ اُسے راستے میں چھوڑ کر آشا کی کار میں آیا ہوں......"

"اوہ آئی سی، آئی ایم ساری" مِس مستری نے کہا۔

"اِبل جھوٹ نہ بولا کرو" آشا چڑھ گئی "لیٹ ہو گئے تو کہہ دو لیٹ ہو گئے، بنڈل بازی کی کیا ضرورت ہے"

میں جھینپ گیا، شکر ہے کہ مِس مستری نے آشا کا جملہ غور سے نہیں سُنا وہ اپنے نوکر کو ہدایتیں دے رہی تھی۔ ورنہ ڈر تھا کہ اس کا چہرہ اور لمبوترہ ہو جاتا اور پھر وہ کہتی" اوہ آئی سی!"

چائے پر آشا بدستور مجھ پر کامینٹری کرتی رہی۔ "شکر کم استعمال کیا کرو..... کپ ٹھیک سے پکڑو، سوٹ خراب کرلوگے...... بسکٹ نہیں کیک کھاؤ" وغیرہ وغیرہ۔

"مسٹر انیل......" مس مستری بولی۔ "اگر آشا سے آپ کی شادی ہوگئی تو وہ سرکس کے رنگ ماسٹر کی طرح آپ کو ٹرینڈ کریگی۔"

آشا کے چہرے کا بدلتا ہوا رنگ دیکھ کر مس مستری گھبراگئی "آئی۔ ایم ساری۔ آشا! اٹ از جسٹ اے پاسنگ ریمارک"

فلیٹ پر واپس آیا تو ڈھائی بج گئے تھے۔ آشا شام میں ملنے کا وعدہ کرکے چلی گئی۔ میز پر ماں کا ایک ایکسپریس لیٹر رکھا تھا۔ نوکر نے بتایا کہ پوسٹمین ابھی ابھی دے گیا ہے۔

"رجنی سے تمہاری شادی طے کردی گئی ہے آئندہ ماہ کسی اچھے مہورت پر تاریخ طے ہوجائے گی۔ رجنی اور تم بچپن سے ایک دوسرے کو جانتے ہو۔ ایسی خوبصورت اور سلیقہ مند لڑکی سارے علاقے میں نہیں اس سے پہلے کہ کسی اور گھر میں اس کا رشتہ طے ہوجائے میں نے بات پکی کرلی۔ تم سے رائے لینی اس لئے ضروری نہیں تھی کہ تم رجنی کو پسند کرتے ہو اور یہ کہ تمہیں کوئی اعتراض نہ ہوگا۔ ہمارے خاندان میں شادی بیاہ کے معاملوں میں بیٹی بیٹوں سے رائے نہیں لی جاتی پھر شادی کی تاریخ طے کرنے میں تمہاری رائے ضروری ہے۔ واپسی ڈاک آئندہ ماہ کی کوئی مناسب تاریخ لکھو تاکہ مہورت نکال جائے اور اسی تاریخ کے لگ بھگ تمہاری شادی طے کردی جائے۔"

ماں کا خط پڑھ کر میں چونک پڑا۔ ماں عرصے سے رجنی کو اپنی بہو

بنانے پر مصر تھی اور میں بھی اُسے پسند کرتا ہوں۔ خوبصورتی اور سلیقہ دو متضاد چیزیں ہیں۔ لیکن یہ دونوں خوبیاں خوش قسمتی سے رجنی میں موجود ہیں۔ رجنی اور آشا ـــــ آشا اور رجنی۔

ایک دوست ـــــ ایک ہونے والی بیوی۔

دوست جو صرف دو سال پہلے ملی تھی، اور ہونے والی بیوی جو بچپن سے میرے ساتھ کھیلتی کودتی رہی ہے۔ بچپن میں دولہا دلہن کا کھیل ہم نے کئی بار کھیلا۔ میں اس کا دولہا بنا ہوں وہ میری دلہن بنی ہے اور آج وہ کھیل حقیقت میں تبدیل ہونے کی خبر آئی ہے ـــــ رجنی ـــــ سُرخ سفید رنگ کی مٹی سے بنی ہوئی گڑیا۔۔۔۔۔ بڑی بڑی آنکھیں چہرے پر پُرسکون مسکراہٹ۔۔۔۔۔۔ ہنسے تو بجلیاں کوند جائیں۔۔۔۔ مسکرائے تو قیامت برپا ہو۔

اور آشا ـــــ اسے تو میں نے کبھی اس نظر سے نہیں دیکھا اور نہ کبھی سوچا کہ میں اس سے شادی کروں گا۔ ہم دونوں صرف دوست ہیں۔ اور آشا میری نظر میں صرف دوست ہی ہے۔ میرے دل میں کبھی بھولے سے بھی یہ خیال نہ آیا۔ میں سوچنے لگا۔۔۔۔۔۔ ممکن ہے آشا نے کچھ سوچ رکھا ہو۔ شادی اور گھر بسانے کے خواب دیکھے ہوں۔۔۔ اگر نہیں تو وہ مجھ میں اتنی دلچسپی کیوں لیتی ہے۔۔۔ میرے اُٹھنے بیٹھنے۔۔۔۔۔ کھانے پینے یہاں تک کہ لباس پر بھی توجہ دیتی ہے۔۔۔۔ اب میں اُسے یہ خبر کیسے سُناؤں گا۔ یہ خبر طوفان کی طرح اس کے خوابوں کی دنیا میں تہلکہ مچا دے گی اور وہ محل مسمار ہو جائیں گے جو شاید اس نے اپنے دل میں بنا رکھے ہوں۔۔۔۔۔

میں سوچتا رہا۔۔۔۔ رجنی۔۔۔۔ آشا۔۔۔۔ رجنی یہ گردان نیز

ہوتی گئی اور میں سو گیا۔

ٹھیک چار بجے کال بیل کی زنّاٹے دار آواز سے کمرہ گونج اُٹھا آشا کے علاوہ کون اتنے زور سے کال بیل بجا سکتا ہے۔ دروازہ کھلتے ہی آشا اندر آ گئی: "مجھے پتہ تھا تم سو رہے ہو گے ۔۔۔۔ دن میں کیوں سوتے ہو؟ اس سے صحت خراب ہو جاتی ہے۔"

میں مسکرا کر خاموش رہ گیا۔

"آج کچھ ملول نظر آ رہے ہو کیا بات ہے؟" آشا نے پوچھا۔

"کچھ نہیں۔"

"زبردستی کی مسکراہٹ ہمیں پسند نہیں" آشا خفا ہو گئی "بتاؤ نا کیا بات ہے۔"

"آشا میری شادی طے ہو گئی ہے" میں نے ڈرتے ڈرتے کہا۔

"وہ مارا" وہ اُچھل پڑی "چلو منہ میٹھا کراؤ ۔۔۔۔ جلدی ۔۔۔ شادی کب ہوئی، کیسے ہوئی، ہنی مون کہاں مناؤ گے ــــــ؟" اس نے ایک ہی سانس میں بہت سے سوال پوچھ لئے۔ اس کے چہرے پر بے پناہ مسرّت کی لہریں دیکھ کر میں ششدر رہ گیا۔

"میری ہونے والی بیوی کا نام رجنی ہے۔"

"رجنی ۔۔۔ نام پرانے قسم کا ہے لیکن چلے گا ۔۔۔ شادی کب ہو رہی ہے جب شادی ہو جائے تو بیوی کو مہابلیشور ضرور لانا۔ وہاں ہمارا ایک بنگلہ ہے ۔۔۔ اور ہاں بھابی کے لئے زیورات اور کپڑے سب میری پسند سے لینا نہیں کوئی چا ئینر نہیں ۔۔۔۔۔۔ تمام چیزیں میں پسند کروں گی ۔۔۔۔۔ سب کچھ میری پسند کا ہو گا ۔۔۔ مینجمنٹ

میں کر لوں گی ..... تم جلدی ہو آؤ .... چلو سب کو خبر کر دیں ..... اور ہاں وہ گرے کلر کا سوٹ پہنو جو تم نے مِس مہتہ کی پارٹی میں پہنا تھا۔ اس سوٹ میں تم بہت جچتے ہو ——— بائی گاڈ!"

میں سوچنے لگا، رجنی ایک خوبصورت کہانی ہے جس کا کوئی عنوان نہیں۔

عورت کی ذات

روپا کے جاتے ہی ہمارے گھر میں قیامت آگئی۔ بیگم صاحبہ نے مُنّے کو بستر پر لٹا دیا اور مجھ پر برس پڑیں۔

"کیوں جی آپ روپا کو اتنا گھور گھور کر کیوں دیکھ رہے تھے؟"

"او ہو۔ تو اب تم دیکھنے پر بھی پابندی لگا دوگی۔" میں نے اخبار ایک طرف پھینک کر کہا۔

"آپ کی وجہ سے میری سہیلیوں نے اِدھر آنا چھوڑ دیا ہے۔" سرلا بولی۔ "کل ہی مسز زیدی کہہ رہی تھیں کہ تمہارے پتی مجھے کھا جانے والی نظروں سے دیکھ رہے تھے۔"

"ہاں۔ ہاں، مسز زیدی تو الف لیلیٰ کی پری ہیں۔" میں بولا "صورت پر بارہ بجے ہیں اور محترمہ نخرے فرما رہی ہیں۔"

"وہ نخرے فرمائے یا جھک مارے آپ کو آخر گھورنے کی کیا ضرورت تھی۔"

سرلا کا پارہ چڑھا ہوا تھا۔

"پیچ کہوں" میں نے مصالحت میں ہی بہتری سمجھی۔

"اور بس ذرا گہری نظروں سے دیکھتا ہوں۔ میں ان لڑکیوں سے تمہارا موازنہ کرتا ہوں۔ اور اپنی خوش قسمتی پر ناز کرتا ہوں کہ میری بیوی ان سب سے حسین ہے۔"

"سرلا کا پارہ ایک دم اتر گیا۔" آپ بناتے ہیں۔"

"کس کی قسم کھاؤں۔" میں بولا "پگلی! بھلا مجھے ان چڑیلوں کو گھورنے کی کیا ضرورت ہے گھر میں موم کی گڑیا جیسی بیوی ہے چاند سا بیٹا ہے۔"

"دیکھئے۔" سرلا بولی "آپ لڑکیوں کو گھورنا چھوڑ دیجئے۔ وہ اس کا غلط مطلب نکالتی ہیں۔"

"اور تم سچ مان لیتی ہو۔"

"کیا کروں"۔ وہ بولی "مجھے یہ پسند نہیں کہ آپ میرے علاوہ کسی اور کی طرف نظر اٹھا کر دیکھیں۔"

"نظر اٹھا کر دیکھنے کی وجہ میں بیان کر چکا ہوں۔"

"اچھا بتایئے" وہ بولی "مجھ میں اور رو پا میں کیا فرق ہے؟"

"یہی کہ تم شادی شدہ ہو اور وہ کنواری ہے" میں نے جواب دیا "بس... اتنا ہی فرق۔"

"اور ہاں.... تم ایک بچے کی ماں ہو۔"

"لیکن جو رونق میرے چہرے پر ہے وہ روپا میں کہاں" وہ اپنا سر غرور سے اٹھا کر بولی۔

"ایسی چمک دمک والی ہم نے نہیں دیکھی"۔ میں بولا "اب کے

بلاؤ تو پھر نہلائیں گے ۔"

"تو اس بہانے پھر و دیا کا دیدار کرنا ہے ۔"

"ہاں ڈارلنگ!" میں اس کے بالوں سے کھیلتا ہوا بولا "بلا لو نا ایک بار۔"

" اتنی پسند آگئی ہے تو اس سے شادی کیوں نہیں کر لیتے" سرلا پھر بھڑک اٹھی ۔

" ضرور کر لیتا مگر کیا کروں حکومت نے ایک سے زائد شادی کرنے پر پابندی جو لگا دی ہے ۔"

یہ سنتے ہی سرلا تیر کی طرح اٹھی اور پیر پٹختے ہوئے کچن کی طرف چلی گئی مجھے ایک پارٹی میں جانا تھا ۔ میں کپڑے بدل کر باہر چلا گیا ۔ رات پارٹی سے واپس آیا تو سرلا سو چکی تھی ۔

صبح جب آنکھ کھلی تو کمرے میں دھوپ آ رہی تھی ۔ میں گھبرا کر اٹھ بیٹھا ۸ بج گئے تھے اور سرلا نے مجھے نہیں جگایا ۔ لیکن یہ دیکھ کر اور حیرت ہوئی کہ سرلا بھی سو رہی تھی اور منّا بھی سو رہا تھا ۔

میں نے سرلا کو جگایا "ارے بھئی آٹھ بج گئے اٹھ جاؤ"۔

سرلا نے آنکھیں کھول کر میری طرف دیکھا ۔ ایسا لگا جیسے وہ رات بھر نہ سوئی ہو ۔ آنکھیں سُرخ تھیں اور ان پر ورم آگیا تھا ۔

" ارے تمہیں کیا ہو گیا ؟ " میں گھبرا کر بولا ۔ " چلو اٹھو چائے وائے بناؤ"

"بُلا لیجئے ، اپنی روپا رانی کو" وہ رونی آواز میں بولی پھر پھوٹ پھوٹ کر رونے لگی ۔

میں سٹپٹا گیا ۔" اوہو ڈارلنگ ! تم بھی خوب ہو ۔ میں تو مذاق کر رہا تھا تم سچ مان گئیں "۔

"جانتی ہوں میں۔" وہ روتے ہوئے بولی "آپ اب باہر کی لڑکیوں میں دلچسپی لینے لگے ہیں۔"

"یقین کرو سرلا" میں سمجھاتے ہوئے بولا۔ "تمہاری قسم جو کسی اور لڑکی کی طرف نظر ڈالی ہو۔"

"مجھے سب پتہ ہے" وہ بدستور روتی رہی "آپ کالج میں بھی رومانس لڑاتے تھے۔"

"وہ تو کالج کے ساتھ ہی ختم ہو گیا۔" میں بولا "اب میں کیسے یقین دلاؤں۔"

سرلا کی آواز سن کر منا بھی جاگ اٹھا اور زور زور سے رونے لگا۔ بڑی مشکل سے دونوں کو سمجھا سکا۔ معاہدہ ہو گیا کہ میں اب کسی پرائی لڑکی کی طرف نظر اٹھا کر نہیں دیکھوں گا۔ اور نہ کسی لڑکی کو گھوروں گا۔

دوسرے ہی دن سرلا کی سہیلی سلمیٰ اس سے ملنے آئی۔ اس وقت میں سرلا کے ساتھ ڈرائنگ روم میں ہی بیٹھا تھا۔ سرلا نے سلمیٰ سے میرا تعارف کرایا۔ لڑکی خوبصورت تھی اور اس قابل بھی کہ دو تین منٹ تک اسے گھورا جائے۔ لیکن میں معاہدہ کی شرائط کے مطابق نظریں جھکائے سعادت مندانہ انداز میں بیٹھا رہا۔ تھوڑی دیر بعد میں نے اجازت چاہی اور اپنے کمرے میں بیٹھ کر ایک ناول پڑھتا رہا۔ آدھے گھنٹے بعد سرلا میرے کمرے میں داخل ہوئی۔

"آپ کی وجہ سے میں اپنی سہیلیوں میں بدنام ہو گئی ہوں" وہ اپنے مخصوص لہجے میں بولی۔ میں حیران رہ گیا۔ "سلمیٰ کہہ رہی تھی تمہارے شوہر کو بالکل تمیز ہی نہیں، سوسائٹی کے مینرز جانتے ہی نہیں" وہ بولی "آپ نے اس غریب سے سیدھے منہ بات تک نہیں کی۔ اور نہ ہی ایک نظر اس کی طرف دیکھا کیا وہ اتنی بدصورت تھی"

***

ہم رقص

ڈیلائٹ کلب کی ایک حسین رات ——

لڑکی ایک کونے میں تنہا ایک کرسی پر اُداس بیٹھی تھی ۔ آرکسیٹرا نغمے بکھیر رہا تھا اور لاتعداد جوڑے چکنے فرش پر پھسل رہے تھے۔

"کیا میں یہاں بیٹھ سکتا ہوں۔" ایک نوجوان سے یہ جملہ سُن کر لڑکی چونک پڑی۔

"بیٹھ جایئے۔" وہ مسکرا کر بولی۔

" نوجوان اس کے سامنے ایک کرسی پر بیٹھ گیا۔ لڑکی کی سنجیدگی میں کوئی فرق نہیں آیا۔

"معاف کیجئے" نوجوان نے لڑکی پر ایک گہری نظر ڈال کر کہا۔ "آپ اتنی اُداس کیوں ہیں۔"

"میں اپنے ایک ساتھی کا انتظار کر رہی ہوں" لڑکی بولی۔ "ہم ہر سال اسی جگہ یکم جنوری کو ملتے ہیں۔"

"سال میں صرف ایک بار" نوجوان کے لہجے میں حیرت کا عنصر نمایاں تھا۔

"ہاں" لڑکی مسکرا کر بولی۔ "سال میں صرف ایک بار! ہم دونوں کی مجبوریاں ہی کچھ ایسی ہیں۔
"عجیب بات ہے۔" نوجوان بولا "دنیا میں ایسا بھی ہوتا ہے۔"
"دنیا میں سب کچھ ہو سکتا ہے مسٹر!" لڑکی بولی "ہماری دنیا اس دنیا سے مختلف ہے۔"
"ہر نوجوان لڑکی یہی سوچتی ہے" نوجوان بولا۔ "محبت کی دنیا واقعی ایک عجیب دنیا ہے۔"
لڑکی مسکرا کر خاموش رہ گئی۔
"بے تکلفی معاف کیجئے" نوجوان پھر بولا۔ "کیا میں آپ کا نام پوچھ سکتا ہوں۔"
"میرا نام روزی ہے" لڑکی بولی "اور آپ کا۔۔۔۔؟
"مجھے جیمس کہتے ہیں۔"
"آج آپ تنہا اس فنکشن میں آئے ہیں؟"
"جی ہاں" وہ بولا "مجھے ایک ہم رقص کی تلاش تھی۔ جب تک آپ کا ساتھی نہ آئے مجھے اپنے ساتھ رقص کرنے کا شرف بخشئے۔"
"جی" دراصل لڑکی کے چہرے پر گھبراہٹ کے آثار تھے" میں"
"دیکھئے۔۔۔ تکلف نہ کیجئے"، جیمس نے لڑکی کا ہاتھ تھام لیا اسے ایسا محسوس ہوا جیسے اس نے برف کی سِل پر ہاتھ رکھ دیا ہو۔ "آپ کے ہاتھ۔۔۔۔ اتنے ٹھنڈے ہیں۔"
"میں نے آپ سے پہلے ہی کہا تھا"، لڑکی بولی "دیکھئے"
"اوہ تو آپ سردی سے پریشان ہیں۔" جیمس بولا "گھبرایئے نہیں

میرا کوٹ حاضر ہے ـــــ اس سے یقیناً سردی بھاگ جائے گی" اور اس نے بے تکلفی سے لڑکی کو کھینچ لیا۔ وہ کھڑی ہو گئی۔ جیمس نے اپنا کوٹ اتار کر اُسے دے دیا۔

دونوں ناچتے رہے تھے.....

"کوٹ پہن کر رقص کرنے میں بھی ایک عجیب لطف ہے" لڑکی بولی

"اس کوٹ نے آپ کے حسن میں اضافہ کر دیا ہے" جیمس بولا۔"دودھ جیسے سفید بدن پر..... سفید کپڑوں کے ساتھ یہ کوٹ کتنا بھلا لگ رہا ہے، اگرچہ ہے مردانہ۔"

"آپ تو شاعری کرنے لگے" لڑکی بولی

"یہ شاعری نہیں روزی! حقیقت ہے۔" لڑکا بولا۔ تمہارے اس حسین چہرے کو دیکھ کر دل چاہتا دل کھول کر تمہاری تعریف کروں۔"

"بڑی سردی ہے" لڑکی اس کی بات کو نظر انداز کر کے بولی

"تمہارا بدن تو واقعی بہت سرد ہے۔" لڑکا بولا "چلو ـــــ کافی پیئیں۔" دونوں دوبارہ اس میز پر آکر بیٹھ گئے۔ جیمس نے کافی کا آرڈر دیا اور دونوں چسکیاں لینے لگے۔

"تم کہاں رہتی ہو؟" جیمس نے سوال کیا۔

"میں....." وہ کچھ گھبرا سی گئی۔

گھبراؤ مت" جیمس بولا۔ "میں تمہارے گھر کے پھیرے نہیں لگاؤں گا ـــــ"

"بس۔ باندرہ پالی ہل..... روز کاٹیج میں رہتی تھی"۔ آواز میں لرزش تھی۔

"رہتی تھی ——؟" جیمس حیران ہو گیا

"میرا مطلب تھا..... رہتی ہوں .....اوہ کتنی سردی ہے۔" وہ بولی۔

"واقعی بہت سردی ہے۔" جیمس سگریٹ کا کش لیتے ہوئے بولا "اتنی سردی میں تم شال وغیرہ بھی لے کر نہیں نکلیں؟"

"مجھے صرف انہی کپڑوں میں آنے کی اجازت ملی۔" وہ بولی "اوہ تمہارا ساتھی ابھی تک نہیں آیا؟"

"شاید اُسے چھٹی نہیں ملی" وہ بولی "وقت کیا ہے؟"

"تین بج گئے۔" جیمس گھڑی دیکھ کر بولا۔

"تین.....!" مجھے ایک گھنٹے کے اندر اندر وہاں پہنچنا ہے" وہ بولی۔

"کہاں؟"

"اپنے ٹھکانے پر" وہ بولی۔

"یہاں سے باندرہ جانے کے لئے پندرہ منٹ درکار ہیں" جیمس بولا "میں تمہیں ٹیکسی میں چھوڑ دوں گا۔"

"میں خود چلی جاؤں گی" وہ گھبرا کر بولی "آپ......"

"خیر تم خود چلی جانا۔ آؤ ایک آخری راؤنڈ"

"نہیں۔ میں بہت تھک گئی ہوں۔" وہ بولی "کیا باتھ روم میں گرم پانی ملے گا؟ مجھے منہ ہاتھ دھونا ہے۔"

"چلو..... اس طرف"

دونوں باتھ روم کی طرف گئے۔ لڑکی اندر داخل ہو گئی اور اندر سے

دروازہ بند کر لیا۔ جیمس باہر کھڑا انتظار کرتا رہا۔

جب بہت دیر بعد بھی دروازہ نہیں کھلا تو جیمس پریشان ہو گیا اس نے دروازے پر دستک دی۔ کوئی جواب نہیں ملا۔ اس نے دروازہ کھٹکھٹایا اور پھر باقاعدہ دروازہ پیٹنے لگا لیکن کوئی فائدہ نہیں ہوا وہ سخت پریشان ہو کر دروازہ پیٹ رہا تھا۔ اور روزی۔۔۔۔ روزی چلا رہا تھا۔

چیخ و پکار سن کر وہاں مجمع جمع ہو گیا۔

"کیا بات ہے۔۔۔۔ کیا بات ہے؟" کئی آوازیں آئیں۔

"میری گرل فرینڈ میرا کوٹ لے کر اندر گئی ہے۔" وہ گھبرا کر بولا۔ "ایک گھنٹے سے باہر نہیں نکلی۔"

"آخر کیا بات ہے؟" ایک نے سوال کیا۔

"پتہ نہیں" وہ بولا "میں دروازہ پیٹ رہا ہوں، مگر جواب تک نہیں ملتا۔" "ضرور کوئی بات ہے۔ دروازہ توڑ دو۔" ایک بولا۔

"ہاں ہاں دروازہ توڑ دو"! کئی آوازیں آئیں۔

دروازہ توڑ دیا گیا تھا اور روزی کا دور دور تک پتہ نہیں تھا۔ جیمس پریشان ہو گیا۔

"یہاں سے نکلنے کے لئے تو کوئی راستہ بھی نہیں ہے۔" ایک بولا آخر لڑکی کہاں چلی گئی۔؟"

"اس روشندان سے!" ایک بولا۔

"عقل سے کام لیجئے" ایک بوڑھے نے کہا۔ "اوّل تو اتنی اونچائی تک پہنچنا کسی لڑکی کے بس کا روگ نہیں اور پھر اس میں سے کود کر باہر جانا اور بھی زیادہ مشکل ہے۔"

"میرا کوٹ!" جیمس بڑبڑایا "میرا قیمتی کوٹ۔۔۔۔ وہ لے کر چلی گئی"!

"اس کا پتہ معلوم ہے۔" ایک نے سوال کیا۔

"معلوم ہے۔"

"تو پھر اس میں پریشان ہونے کی کیا بات ہے وہاں جا کر تلاش کر لیجئے۔"

"جی۔۔۔" جیمس بڑبڑایا۔

جب وہ باہر آیا تو ہلکی ہلکی روشنی پھیل گئی تھی۔ دن نکل رہا تھا۔ وہ ایک ٹیکسی کے ذریعہ پالی ہل روانہ ہوا۔

روزی کا بنگلہ ڈھونڈنے میں اسے کوئی دشواری نہیں ہوئی جیمس پائیں باغ سے گزر کر اندر داخل ہو گیا اور دروازے پر دستک دی اُجالا چاروں طرف پھیل چکا تھا۔

ایک بڑھیا نے دروازہ کھولا۔ "کون؟" وہ اپنی عینک صاف کر کے بولی۔

"میرا نام جیمس ہے۔۔۔۔ کیا روزی یہیں رہتی ہے۔؟"

"روزی۔۔" بڑھیا حیرت سے اس کی طرف دیکھ کر بولی۔ "روزی۔۔ وہ اسی جگہ رہتی تھی۔"

"کیا اس نے یہ گھر چھوڑ دیا۔" جیمس تقریباً چیخ پڑا۔

"اس نے اس دنیا کو چھوڑ دیا" بوڑھی بولی "وہ میری بیٹی تھی۔ تین سال پہلے نوروز پر ایک کلب میں ڈانس کرتے ہوئے اُس کا انتقال ہوا تھا۔"

"کون سا کلب؟" جیمس تھوک نِگلتا ہوا بولا۔

"ڈیلائٹ کلب!" جیمس کے چہرے پر ہوائیاں اڑ رہی تھیں۔

"لیکن ...؟"

"اندر آجاؤ۔" بڑھیا بولی۔

جیمس اندر داخل ہو گیا ــــــــ سامنے ایک بڑی سی تصویر تھی وہ چونک پڑا۔ "ہاں، یہ روزی کی تصویر ہے" بڑھیا اس کی طرف اشارہ کرتے ہوئے بولی۔

"ابھی چند گھنٹوں پہلے یہ لڑکی ڈیلائٹ کلب میں میرے ساتھ ڈانس کر رہی تھی۔" وہ بولا۔ "ابھی ..... زیادہ دیر نہیں ہوئی ..... وہ میرا کوٹ بھی لے گئی۔"

"وہ کوئی اور لڑکی ہوگی۔" بڑھیا بولی "ڈیلائٹ کلب میں آج سے تین سال پہلے دل کی حرکت بند ہو جانے سے روزی کا انتقال ہوا تھا۔"

"یقین کیجئے۔" جیمس قسمیں کھانے لگا۔ "یقیناً یہی لڑکی تھی ...... ہم دونوں بہت دیر تک ساتھ رہے ... ہم نے کافی پی۔ صبح چار بجے کے قریب وہ باتھ روم میں گئی اور غائب ہو گئی۔"

"یہ تمہارا وہم ہے بیٹے!" بڑھیا بولی "میں آج روزی کی قبر پر پھول چڑھانے جا رہی ہوں۔ تم بھی میرے ساتھ چلو اور اپنی غلط فہمی رفع کر لو۔"

جیمس بڑھیا کے ساتھ عیسائیوں کے قبرستان تک پہنچا۔

"وہ رہی روزی کی قبر"۔ بڑھیا دور سے اشارہ کرتی ہوئی بولی۔ قبر پر ایک کتبہ تھا جس پر روزی فرنانڈلیس کا نام اور اس کی تاریخ وفات درج تھی بڑھیا نے بڑی عقیدت کے ساتھ قبر پر پھول چڑھائے اور آنکھیں بند کر کے کھڑی ہو گئی۔

جیمس نے سرسری نظر سے گرد و نواح کا جائزہ لیا۔ یکایک وہ
ایک دلخراش چیخ مار کر گر پڑا۔

بڑھیا چونک پڑی اور جیمس کو جھنجھوڑنے لگی۔ وہ قبر کے پاس
ہی اوندھے منہ پڑا ہوا تھا ——— اور روزی کی قبر
کے قریب ہی اس کا کوٹ رکھا ہوا تھا۔

ایک ہی راستہ

اپنا بھاری بھرکم جسم سنبھالتے ہوئے گرو بدری پرشاد بولے۔
"ہم لوگ سکھلاجی اسٹریٹ جا رہے ہیں۔ چلوگے؟"
میرا موہنہ سوالیہ نشان بن گیا "گرو جی، آپ اور وہاں! وہاں تو تھرڈ کلاس طوائفیں رہتی ہیں۔"
"ارے بھائی وہاں جا کر ان کے کلیان کا کام کرنا ہے۔" گرو جی ناراض ہو گئے۔ "کیا طوائفوں کے محلے میں لوگ ایک ہی مقصد سے جاتے ہیں؟"
"لوگوں کا مقصد چاہے کچھ ہو۔" میں نے مسکراتے ہوئے کہا "آپ کی نیت پر بھلا کون کافر شک کر سکتا ہے۔"
گرو جی نے مسکرا کر ہاتھ جوڑے "دھنیہ ہے مہاراج — آؤ"
کار میں ہم سب خاموش رہے۔ تھوڑی ہی دیر بعد کار طوائفوں کے ڈربے جیسی چال کے سامنے رک گئی۔ ان پنجروں میں دبلی، پتلی، موٹی، بھدی، کالی گوری، ہر قسم کی طوائفیں اپنے چہروں پر بے تحاشہ پوڈر تھوپے اپنے جسم کی نمائش کر رہی تھیں۔

"دیکھ رہے ہو، جیون بابو؟" گروجی نے مجھ سے کہا۔

"میں دیکھنے والوں کی نظر دیکھ رہا ہوں۔"

میں نے شرارت بھرے لہجے میں جواب دیا۔

ہم سب کار سے اتر کر فٹ پاتھ پر آ گئے۔ ایک موٹی سی بھدّی عورت نے ہمیں "شو۔ شو۔۔۔" کر کے ــ اپنی طرف متوجہ کیا۔ "ادھر آؤ! ــــ ادھر ہر طرح کا مال ہے۔ باباجی کے لئے فرسٹ کلاس عورت کاشی سے آئی ہے۔" اس نے گروجی کے گیروے لباس کی طرف دیکھ کر کہا۔ "اور آپ کے لئے پنجابی لڑکی اور آپ کے لئے۔۔۔۔"

"رام رام رام" گروجی اُپدیش دینے کے انداز میں بولے "مائی ہم سب سوشل ورکرز ہیں۔"

"یہاں سب کے لئے ایک ہی ریٹ ہے، منسٹر بھی آجائے تو رعایت نہیں۔" عورت نے بیباکی سے کہا۔

"یہ بات نہیں مائی۔"

"ارے بابا ٹائم برباد نہ کرو، دھندے کا ٹائم ہے۔"

"صرف دو منٹ ہمیں ان لڑکیوں سے بات کرنے دو۔" گروجی نے گڑگڑا کر کہا۔

"ٹھیک ہے ــــ ٹھیک ہے" اس موٹی بھدّی عورت نے بے زاری سے کہا۔ "لیکن جلدی سودا پٹالو۔"

اندر ہال میں جگہ جگہ چارپائیاں پڑی تھیں اور پردے کھنچے ہوتے تھے۔ ہمیں دیکھ کر وہ سب لڑکیاں ہمارے اردگرد جمع ہو گئیں۔

"بیٹھو" گروجی نے اپنی تقریر شروع کی۔ لڑکیاں کھی کھی کر کے

ہنس پڑیں۔ یہ باوا جان یہاں کیسے آگئے۔" ایک نے شوخی سے کہا۔
"ہم ویشیا سماج سدھار منڈل کے لوگ ہیں۔" گرو جی نے کہا۔
"اوہو!____ اب یہ چندہ مانگیں گے"۔
ایک بولی "ارے بھائی چندہ ہی مانگنا تھا تو باہر ہماری مالکن بیٹھی ہے۔"
"ہم چندہ مانگنے نہیں آئے۔"
"جا چندا تجھے مانگنے نہیں آئے"
"جمنا تو آ جا سامنے"۔ ایک نے مذاق اڑایا۔
"بچو، میں تمہاری مدد کرنے کے لئے آیا ہوں۔ میں تمہیں اس گندگی سے نکالنے آیا ہوں۔ اس گندگی کے باہر ایک خوبصورت دنیا ہے ایک صاف ستھرا سماج ہے ایک چھوٹا سا گھر ہے۔ جس میں تم اپنے شریف شوہر اور بچوں کے ساتھ رہ سکتے ہو۔ کیا تم نے کبھی اپنا ایک الگ سندر سنسار بسانے کا خواب نہیں دیکھا؟ کیا تم اس خواب کو پورا نہیں۔۔۔۔"
گرو جی ابھی اپنا جملہ پورا بھی نہ کر پائے تھے کہ یکایک دروازے پر ایک خونخوار چہرہ نظر آیا۔ لڑکیاں اُسے دیکھتے ہی سہم گئیں۔
"ایک لفظ بھی آگے کہا تو زبان باہر ہوگی بوڑھے خرانٹ!" وہ غنڈہ غرایا۔ "چندو دادا کے راج میں یہ اندھیر" پھر اس نے لڑکیوں پہ ایک آگ برساتی نظر ڈالی اور بولا۔ "یہ منڈل ونڈل سب بنڈل ہے۔ بکواس ہے کون سی مرد کی غلام بن کر اس کے تلوے چاٹنے کے لئے تیار ہے؟"
"پتی کے چرنوں میں پرمیشور رہتا ہے۔ بچو نڈر ہو کر بولو، ہمارے

منڈل کے نوجوان تمہیں سہارا دینے کے لئے آمادہ ہیں۔ وہ تمہیں اس جہنم سے نکال کر گھر گرہستی کی جنت میں لے جائیں گے۔ میں وعدہ کرتا ہوں کہ تمہارا گھر بسا دوں گا۔ تمہیں اچھا پتی دلا دوں گا۔ بولو بولو جلدی بولو۔ تمہیں یہ جہنم چاہیئے یا اپنا گھر، یہ نفرت کرنے والے انسان چاہئیں یا محبت کرنے والا ایک پتی۔"

صرف ایک لڑکی آگے بڑھی۔ اس کے چہرے پر بچوں کی سی معصومیت تھی۔ دُبلی پتلی سی کم عمر لڑکی۔ اس نے میک اپ بھی ہلکا سا کر رکھا تھا۔

"میں تیار ہوں" وہ بولی "میں ایک چھوٹے سے گھر کے، ایک پیار کرنے والے پتی کے سپنے دیکھتی آئی ہوں۔"

"اور وہ جو تیرے باپ نے دو ہزار روپئے میں خریدا ہے"! غنڈا غرایا "ایک ہفتے میں ہی خواب بھی نظر آنے لگے"!

"ہم دیں گے دو ہزار روپے، لڑکی ہماری ہو گئی"! گروجی نے دو ہزار روپے غنڈے کے ہاتھ پر رکھ دیئے۔

"لے جاؤ اور مزے کرو" غنڈے نے دو ہزار روپیہ جیب میں رکھ کر کہا۔ "دفع ہو جاؤ۔"

ہم اس لڑکی کو لے کر باہر آ گئے۔

لڑکی کا نام شوبھا تھا۔ دوسرے ہی دن گروجی نے شوبھا کی شادی کا انتظام کر دیا۔ منڈل کا ایک کارکن جو ایک مقامی لائبریری میں کام کرتا تھا شوبھا سے شادی کرنے کے لئے تیار ہو گیا۔ منڈل کے قانون کے مطابق نہایت سادہ طریقے سے شادی کی رسم ادا ہو گئی۔ ہم سب خوش تھے کہ ہم نے ایک معصوم لڑکی کو جہنم سے نکال کر

جنت میں پہنچا دیا۔ اب اس کے خواب پورے ہو گئے۔ اب وہ اپنے چھوٹے سے گھر میں اپنے پیار کرنے والے پتی کے ساتھ پیار بھری زندگی گزار سکے گی۔

ایک سال بعد مجھے شوبھا فلورا فاؤنٹن کے پاس ملی۔ اس نے دونوں ہاتھ جوڑ کر نمستے کی۔ اس کے چہرے پر اطمینان بھری مسکراہٹ اور جسم پر عمدہ لباس دیکھ کر میں سمجھ گیا کہ وہ بہت خوش ہے۔

"کیسی ہو شوبھا!" میں نے پوچھا۔

"آپ کی مہربانی سے اچھی ہوں، بابو جی"

"تمہارے پتی کیسے ہیں؟"

"وہ بھی اچھے ہیں۔"

"کہاں رہتی ہو؟"

"قلابہ میں فلیٹ لیا ہے۔۔۔ یہ سب آپ کی مہربانی کا نتیجہ ہے۔ ورنہ میں اس جہنم میں سڑ کر مر جاتی۔"

اس کے ہاتھ میں پرس اور ایک کتاب دیکھ کر میں نے پوچھا

"کہیں کام کرتی ہو"؟

"کہیں کیا؟ اپنے ہی گھر میں۔"

"گڈ۔۔۔ کیا کام کرتی ہو؟"

"میں اور کیا کام کر سکتی ہوں بابو جی، وہی پرانا دھندہ۔ چار یا پانچ سو روپے مل جاتے ہیں۔" مجھ پر بجلی گری۔" اور تمہارے پتی؟"

"وہ گاہک ڈھونڈ کر لاتے ہیں۔" شوبھا بولی "بڑے اچھے ہیں وہ میں اُن کے ساتھ بہت خوش ہوں۔"

***

غلط جگہ

سعید ٹھیک چار بجے سفید اور اُجلے کپڑوں میں ملبوس سیٹی بجاتا گارمنٹ لانڈری کا جیتا جاگتا اشتہار بن کر مٹرگشت کے لئے باہر نکل پڑا پاس پڑوسیوں کو اندازہ لگانے میں کوئی دشواری نہیں ہوتی کہ آج برخوردار کی جیب گرم ہے، ورنہ سعید اور دن کے اُجالے میں باہر، وہ تو قرض خواہوں کے ڈر سے صرف رات کے اندھیرے میں ہی باہر نکلتا ہے.

چال کی گھٹی ہوئی فضا سے باہر نکل کر سعید کو ایسا محسوس ہوا جیسے وہ پنجرے سے آزاد پنچھی ہے۔ اس کا دل چاہ رہا تھا کہ وہ خوشی سے جھوم کر گا اُٹھے۔ کسی فلمی ہیرو کی طرح سڑک پر کسی حسینہ سے وہ ٹکرائے اور ٹکر محبت کی پہلی سیڑھی ثابت ہو۔ خیالات کی دنیا میں وہ اپنے آپ کو ہیرو سمجھنے لگا۔ نانا چوک کے ایک پان والے کی دکان سے چار مینار کا ایک سگریٹ خرید کر وہ کیپٹن سگریٹ پینے کے انداز میں کش لیتا رہا۔ سیکڑوں لڑکیاں وہاں سے گزریں لیکن کسی نے ایک نظر بھی اس کی طرف نہیں دیکھا۔ سعید کو بڑی مایوسی ہوئی۔ اپنے خیالوں میں گم وہ فٹ پاتھ پر ٹہلنے لگا۔ ایک پالش والا لڑکا فٹ پاتھ ____________ کے بیچ اپنا سامان پھیلائے بیٹھا تھا۔ سعید وہاں کھڑا ہو کر اپنے جوتوں پر پالش کرانے لگا۔ دو تین

غضب کی لڑکیاں! بھیڑ میں رستہ نکال کر جب سعید سے ٹکرا کر گزریں تو اس کا ذہن "پیسے وصول ہو گئے" کی گردان دہرانے لگا۔ اس کا دل چاہ رہا تھا کہ کاش پالش والا اسی طرح شام ڈھلے تک اس کے جوتوں کی پالش کرتا رہے اور لڑکیاں اسی طرح اس سے ٹکراتی رہیں۔ یکایک کسی انجانے خوف سے وہ اپنا سر کھجلانے لگا شاید اُسے "سر سلامت تو جوتے ہزار" والی بات یاد آگئی ـــ پالش ختم ہوتے ہی اس نے پیسے ادا کئے اور گنگناتے ہوئے آگے بڑھ گیا۔ آج اس کا موڈ بڑا "رومانی" تھا۔ اس کی جیب میں اسّی روپے اور کچھ ریزگاری تھی رومانی خیالات کو عملی جامہ پہنانے کے چانسز چوپاٹی پر ہوتے ہیں۔ اس نے ایک لمحہ ضائع کئے بغیر ٹیکسی کو آواز دی اور چوپاٹی پہنچ گیا۔

لیکن چوپاٹی پر بھی سعید میاں کی دال نہیں گلی۔ لڑکیاں تھیں ہی کہاں چند عورتیں ضرور تھیں۔ جن کے شوہر باڈی گارڈ کی طرح ان کے ساتھ چل رہے تھے۔ اور بچوں کی فوج الگ! بھیل پوری کی دکان پر لڑکیوں کا جمگھٹا تھا۔ قہقہے لگاتی۔ فضا میں خوشبو بکھیرتی یہ لڑکیاں بھیل پوری کے ساتھ پورا انصاف کر رہی تھیں۔ سعید میاں بھی انصاف کی اُمید میں اس جمگھٹے کے قریب کھڑے ہو کر بھیل پوری کھانے لگے۔ یکایک ایک شرارتی لڑکی کی نظریں ان پر پڑیں۔ "ارے بندر دیکھا ہے؟" وہ اپنی سہیلیوں سے پوچھ رہی تھی۔

"کہاں ہے؟ ـــ کہاں ہے؟" لڑکیاں ایک ساتھ چلائیں۔ بمبئی کی لڑکیوں کو بندروں سے بڑا لگاؤ ہوتا ہے اس لڑکی نے سعید کی طرف اشارہ کر دیا۔ جو اپنے منہ میں پانی پوری ٹھونسے واقعی بندر نظر آرہا تھا۔ لڑکیوں نے سعید کو دیکھ کر ایک زبردست قہقہہ لگایا۔ اور سعید پر گھڑوں

پانی پڑگیا۔ اُس نے وہاں سے رفوچکر ہونے میں ہی اپنی عافیت جانی۔ دور تک لڑکیوں کے قہقہے اس کا تعاقب کرتے رہے۔

"ٹیکسی" اس نے پوری طاقت صرف کرکے آواز دی اور ٹیکسی میں سوار ہوکر وہ سیدھا گیٹ وے آف انڈیا کی طرف روانہ ہوگیا۔

اب وہ مجنوں سے دیوداس بن گیا تھا۔ گیٹ وے آف انڈیا کے قریب ایک ٹوٹے ہوئے بنچ پر ٹوٹے ہوئے دل کے ساتھ وہ 'لگتا نہیں ہے دل میرا۔۔' گنگناتا رہا۔ لوگ ہنستے گاتے قہقہے لگاتے سیر کررہے تھے۔ خاموش بیٹھے بیٹھے وہ اکتا گیا اور بے مقصد آگے بڑھنے لگا۔ سامنے تاج محل ہوٹل کی عظیم الشان عمارت کھڑی تھی۔ عمارت کی طرف دیکھ کر سعید گنگنایا۔

ٹاٹا برلا نے دولت کا سہارا لے کر

ہم غریبوں کی محبت کا اڑایا ہے مذاق

ایک غریب لڑکا بھیک مانگتے ہوئے تاج محل کے سامنے کھڑا تھا اُس نے سعید کے سامنے بھی ہاتھ پھیلایا۔ سعید نے اُسے بڑی طرح جھڑک دیا لڑکا سہم کر پیچھے ہٹ گیا۔

ایک لمبی ناک والی پارسی لڑکی سعید کی طرف دیکھ کر مسکرا رہی تھی۔ سعید نے اپنا کالر ٹھیک کیا اور مسکراہٹ کا جواب مسکراہٹ سے دینے لگا۔ لڑکی نے بھرپور قہقہہ لگایا اور سعید میاں کی سمجھ میں آگیا کہ لڑکی کے دماغ کے پرزے ٹھیک نہیں ہیں۔ وہ فوراً دوڑتا ہوا آگے بڑھا اسٹرینڈ سینما تک کا راستہ بخیر و عافیت پار ہوا۔ سینما کے شوکیس میں کسی سیکس فلم کی تصویریں تھیں۔ اس تصویر کو دیکھ کر اس کے سوئے

ہوئے جذبات پھر انگڑائیاں لے کر بیدار ہونے لگے۔ وہ سوچنے لگا کاش وہ اس شوکیس میں ہیرو کی جگہ پہنچ جائے اور ہیروئن سے اسی طرح بغلگیر ہو جیسا کہ ہیرو ہو رہا ہے یا وہ ہیروئن شوکیس سے کود کر اس کی آغوش میں آجائے۔

ایک ویلن نما شخص قریب ہی کھڑا ہوا سعید کے چہرے کو تک رہا تھا دونوں کی نظریں چار ہوئیں۔ وہ شخص مسکرایا۔ سعید کے چہرے پر مسکراہٹ پھیل گئی۔

"ذرا ادھر آنا" وہ شخص کہہ رہا تھا۔ "ایک پرائیویٹ بات ہے۔"

سعید چونک پڑا۔ وہ آدمی صورت سے کوئی اچھا آدمی نظر نہیں آرہا تھا۔ لیکن کسی انجانے جذبے کے تحت وہ اس آدمی کے پیچھے چل پڑا۔ وہ آدمی ایک عمارت کے سامنے کھڑا ہوا۔ اور سرگوشیوں کے انداز میں اس نے پوچھا۔ "صاحب! لڑکی مانگتا ہے؟"

سعید کی باچھیں کھل گئیں "کہاں ہے؟" اُس نے نہایت بیقراری کے ساتھ پوچھا۔

"وہ دیکھو۔۔۔ سامنے۔۔۔ تیسرے مالے پر بالکنی پر کھڑی ہے"۔ اس نے اشارے سے اسے لڑکی دکھائی۔

لڑکی اتنی حسین تھی کہ سعید دل و جان سے اس پر قربان ہو گیا وہ جانتا تھا کہ اس علاقے کی بعض لڑکیاں پرائیویٹ طور پر دھندا کرتی ہیں اور انہوں نے اپنے ایجنٹ بھی مقرر کر رکھے ہیں

"کیا ریٹ ہے؟" سعید نے بیوپاری انداز میں بات کی

"ایک سو" ایجنٹ نے جواب دیا۔ "ایسا مال اکھے ایریا میں نہیں"۔

لڑکی ابھی تک بالکنی میں کھڑی تھی۔ سعید مچل گیا۔ "کچھ کم کرو یار۔"
"ادھر کم زیادہ کا حساب نہیں، یہ کیا فارس روڈ ہے؟"
"میرے پاس صرف ستر روپے ہیں۔"
"جاؤ بابا۔ اپنا ٹائم مت ویسٹ کرو۔" ایجنٹ آگے جانے لگا۔ سعید نے ایک بار پھر بالکنی کی طرف دیکھا۔ اب لڑکی ان دونوں کی طرف دیکھ رہی تھی۔ سعید نے ایسی حسین لڑکی زندگی بھر میں کبھی نہیں دیکھی تھی۔ وہ تڑپ اٹھا، "رحم کرو میرے بھائی زیادہ مت تڑپاؤ" ایجنٹ سنی ان سنی کر کے آگے ہی بڑھتا رہا۔ سعید نے آگے بڑھ کر اُسے روک دیا۔ "لے لو ستر روپے اور یہ سونے کی انگوٹھی ایک سو تین کا مال ہے باقی تمہارا بخشش!"
سعید نے دوبارہ بالکنی کی طرف دیکھا وہ لڑکی اندر چلی گئی۔ شاید اس نے سودا طے کرتے ہوئے اپنے ایجنٹ کو دیکھ لیا تھا۔
"تیسرے نمبر کا مالا، فلیٹ نمبر ۲۸" ایجنٹ بولا۔ "فلیٹ کی گھنٹی بجا کر سیدھے اندر چلے جانا۔ بولنا گنپت نے بھیجا ہے۔"
"اور تم۔۔۔۔۔"
"ارے اپنا کیا ضرورت ہے۔" گنپت بولا۔ "مس صاحبہ نے اپنی آنکھوں سے تم کو دیکھ لیا ہے۔ اپن نے بھی نیچے سے اشارہ کر دیا ہے وہ اندر تیاری کرنا ہو گا۔ جاؤ نہ بابا!"
سعید موڈ میں آگیا وہ سیٹی بجاتا ہوا بلڈنگ کا زینہ طے کرنے لگا تیسرے منزلے پر ۲۸ نمبر فلیٹ کی اس نے بیل بجائی۔
ایک نوکر نے دروازہ کھولا اور بڑی عزت سے سعید کو اندر لے آیا۔ سعید نے جیب میں ہاتھ ڈال کر باقی بچی ہوئی ریزگاری نکالی اور نوکر کے ہاتھ میں رکھ دی۔

"یہ کیا صاحب ــــ؟" نوکر کچھ پریشان ہوگیا۔

"رکھ لو...... رکھ لو ــــ اگلے ٹائم اور زیادہ دے گا" سعید نے رئیسوں کے لہجے میں کہا۔

"میں صاحب کدھر ہے؟"

"بُلاتا ہے صاحب" یہ کہہ کر نوکر اندر چلا گیا۔ سعید خوبصورت ڈرائنگ روم کا جائزہ لینے لگا۔ اتنا خوبصورت ڈرائنگ روم دیکھ کر بھلا کون کہہ سکتا ہے کہ یہاں پیشہ ور لڑکیاں رہتی ہیں۔

یکایک اس کے خیالات کی کڑی ٹوٹ گئی۔ سامنے وہی حسینہ قاتلانہ مسکراہٹ کے ساتھ کھڑی تھی۔ سعید کا دل چاہا کہ بے اختیار اُس سے لپٹ جائے۔ لیکن ہمت نہ ہوئی۔

"کہیئے۔؟" اس نے بڑی معصومیت سے پوچھا۔

کم بخت بن رہی ہے سعید نے دل ہی دل میں کہا۔ دام تو پورے لئے ہیں۔ اپنی آنکھوں سے سودا کرتے دیکھا ہے۔

"کس سے ملنا ہے آپ کو؟" لڑکی نے پوچھا۔

"آپ سے" سعید نے بڑے رومانی لہجے میں کہا۔

"مجھ سے ــــ لیکن میں تو۔"

"جی ہاں پہلی بار آیا ہوں۔"

"کیا کام ہے؟"

"جی گنپت نے بھیجا ہے۔"

"کون گنپت؟"

"وہ.... ایجنٹ...."

"میں کسی گنپت کو نہیں جانتی، اور کیوں بھیجا ہے اس نے آپ کو یہاں - یہ سیٹھ درگا پرساد کا گھر ہے۔ اور میں ان کی بیٹی ہوں۔"

سعید کے چودہ طبق روشن ہو گئے۔

"آپ شاید غلط جگہ پر آگئے ہیں۔"

"جی ہاں، شاید میں غلط جگہ آگیا ہوں۔" سعید اپنی خالی جیبوں میں ہاتھ ٹھونستا ہوا بولا۔ اب پوری بات اس کی سمجھ میں آگئی تھی۔

جب وہ بلڈنگ سے باہر آیا تو گنپت کا دُور دُور تک پتہ نہ تھا اُس نے دوبارہ تیسرے مالے کی اس بالکنی کی طرف دیکھا لڑکی اسی طرح وہاں کھڑی ہوئی باہر کا نظارہ کر رہی تھی۔

دو پھول.... سہمے

ٹرین پلیٹ فارم پر رینگ رہی تھی۔ فرسٹ کلاس کمپارٹمنٹ کے دروازے میں پریم کے ساتھ نمرتا بھی کھڑی تھی۔ خوبصورت گوری گوری بھرا ہوا بدن۔ کٹورا سی آنکھیں۔ اُمیش کی آنکھیں پھٹی رہ گئیں۔ پریم اُسے دیکھتے ہی پورے جوش و خروش کے ساتھ ہاتھ ہلانے لگا۔ اُمیش، نمرتا کو دیکھ کر کھو سا گیا۔ جواباً اس نے بھی ہاتھ ہلائے لیکن جوش ٹھنڈا پڑ گیا۔ اس کا ہاتھ ایسے ہل رہا تھا جیسے سوکھے ہوئے پیڑ کا کوئی سہما ہوا پتہ ہوا کے کسی جھونکے کے ساتھ جھولتا ہے، کھڑکھڑاتا ہے۔ وہ نمرتا کو دیکھ رہا تھا۔ بلکہ تک رہا تھا۔ اسی طرح سرسبز و شاداب تھی جیسے پانچ برس پہلے کی نمرتا۔ جب وہ ساتھ ساتھ پڑھتے تھے، سینما جاتے تھے، پکنک مناتے تھے اور شادی کے وعدے کرتے تھے، قسمیں دہراتے تھے۔

نمرتا کا چہرہ کھلا ہوا تھا۔ لیکن امیش کو دیکھتے ہی مرجھا سا گیا۔ وہ کچھ نروس سی ہو گئی۔ پریم پلیٹ فارم پر رینگتی ہوئی ٹرین سے کود پڑا اور تیر کی طرح سیدھا اُمیش کی طرف بڑھا۔ دونوں بے اختیار بغل گیر

ہو گئے۔ وہ ایک عرصہ بعد مِل رہے تھے۔ پریم حال ہی میں امریکہ سے لوٹا تھا۔ اس نے نمرتا سے شادی کر لی تھی۔ دونوں امیش کی دعوت پر ممبئی آئے تھے۔

"تم میری شادی پر نہیں آئے، بہت ناراض ہوں" پریم نے شکایت کی۔

"بھئی کیا کرتا رخصت نہیں ملی۔"

"ابے تو ڈاکٹری سرٹیفکیٹ دے آتا۔"

"کیوں آتا" امیش دل ہی دل میں بڑبڑایا "یہ دیکھنے کہ تم میری محبوبہ سے شادی کر رہے ہو۔"

"ابے چپ کیوں سادھ لی" پریم اُسے خاموش دیکھ کر بولا۔ لیکن جواب دینے کی نوبت نہیں آئی۔ کیونکہ نمرتا سہمی سکڑی سی اپنے شوہر کے پیچھے آکھڑی ہو گئی تھی۔

"یہ ہے میری بیوی نمرتا" پریم نے اپنی بیوی کا تعارف کرایا، نمرتا نے انجانوں کی طرح ہاتھ جوڑ دیئے۔

"نمستے" پریم نے بھی وہی فن دہرایا۔

"کیوں بیٹا جل گئے نہ" پریم نے سرگوشیوں کے انداز میں پوچھا لیکن امیش خاموش رہا۔ وہ واقعی جل گیا تھا۔ جلا نہیں بلکہ جل کر کباب بن گیا تھا۔ اُدھر اس کباب میں پریم ہڈی کی طرح کھڑکھڑاتا نظر آرہا تھا۔ لیکن جلد ہی اُس سے چھٹی مل گئی وہ بریک میں سامان دیکھنے کے لئے لپکا۔ اور دونوں کو تنہائی نصیب ہوئی۔

"کیسی ہو؟" رسمی بات چیت کا آغاز ہوا۔

"کیسی نظر آ رہی ہوں۔"

"بہت خوبصورت۔"

"بکو مت میں شادی شدہ ہوں۔"

"شادی شدہ عورت کے حسن کی تعریف کرنا تعزیراتِ ہند کی کس دفعہ کے تحت جرم ہے؟"

"تمہاری بدتمیزی ابھی تک کم نہیں ہوئی۔"

"بڑھ گئی ہے۔"

"شادی شدہ ہو یا کنوارے۔"

"تو کیا آپ کے بنا میں کنوارا ہی رہ جاتا؟"

"کس غریب کو پھانسا ہے۔"

"جی ہاں غریب ہی تو ہے ورنہ آپ کی طرح کسی امیر کو پھانستی۔"

"بکواس بند کرو۔" وہ چڑ گئی۔ "میں تمہارے جواب کے انتظار میں زندگی بھر کنواری رہتی؟"

"ادھر میں تمہارے خط کے انتظار میں بوڑھا ہو جاتا۔"

"جواب دیا تھا میں نے۔"

"جی ہاں — کورا سا جواب، کہ تمہارے والد اس رشتے سے خوش نہیں۔"

"بھول جاؤ وہ قصے"۔ ممتا نے جھڑک دیا۔ "اب میں کسی اور کی ہو چکی ہوں۔ پریم اس بارے میں کچھ نہیں جانتا۔ امید ہے کہ آپ اس کی معلومات میں اضافہ نہیں کریں گے۔"

"کیا تم مجھے اتنا اوچھا سمجھتی ہو۔"

پریم ایک ٹیکسی کے ساتھ وہاں آدھمکا۔" ارے بھئی! اتنی جلدی بے تکلّف ہو گئے؟ ہم نہ کہتے تھے۔ چودہ طبق روشن ہو جائیں گے دیکھ کر۔"

"اپنے تو چودہ طبق روشن ہو گئے۔" امیش نے جواب دیا "اور آپ کا کیا حال ہے میم صاحب؟"

میم صاحب نے کوئی جواب نہیں دیا۔ صرف مسکرا کر خاموش ہو گئیں۔

ٹیکسی میں امیش خاموش رہا۔ لیکن پریم حسبِ عادت بکواس کرتا رہا۔ اس نے امریکہ کی کہانیاں، اپنے رومانس اور شادی کے قصّے ایک ہی سانس میں سُنا دیئے۔ وہ اپنی بیوی کی موجودگی میں دوسری لڑکیوں کے ساتھ چلائے گئے چکّروں کے بارے میں بلاجھجک سب کچھ سُنا رہا تھا۔ اُمیش صرف ہاں یا ہوں میں جواب دے رہا تھا۔

"اور اب تم سُناؤ تم نے کہاں کی شادی ہے؟"

"بمبئی ہی میں،" اُمیش نے جواب دیا۔ "اسی محلّے میں جہاں ہم دونوں رہتے تھے۔"

"کون ہے؟ کیسی ہے؟ کیا نام ہے؟ شاید میں جانتا ہوں اُسے۔"

"اب خود ہی دیکھ لینا ہماری جائیز۔"

ٹیکسی اُمیش کے کوارٹر کے سامنے رُکی۔ اس کے دونوں بچّے دروازے پر کھڑے شاید مہمانوں کا انتظار کر رہے تھے۔ مہمانوں کو دیکھ کر خوشی سے اُچھلنے لگے اور دوڑ کر نمرتا کے پاس آئے۔ "چلیئے آنٹی اندر ممّی آپ کا انتظار کر رہی ہیں"

"آنٹی کو بعد میں ملانا پہلے ہمیں ملاؤ اپنی ممّی سے"، پریم نے بچّوں سے کہا۔

"نہیں پہلے آنٹی کو۔" چھوٹے بچّے نے کہا۔

"تو پھر ممّی سے کہو درشن دینے کے لئے تیار ہو جائے ہم آتے ہیں سامان لے کر۔"

"اچھا اچھا کہتے ہیں۔" چھوٹے نے جواب دیا۔ حالانکہ بات اُس کی سمجھ میں نہیں آئی تھی۔

بچے نمرتا کو لے کر اندر چلے گئے ۔۔۔۔ ادھر ان کے بعد پریم اور اُمیش سامان لے کر آ گئے۔ اُمیش کی بیوی اندر کچن میں تھی۔ نمرتا بھی شاید وہیں پہنچ گئی تھی۔

"ارے بھئی بلاؤ نہ جلدی، ذرا ہم بھی دیکھیں تمہاری چائمز۔" پریم نے بے صبری سے کہا۔

"ذرا ادھر آنا" اُمیش نے اپنی بیوی کو آواز دی۔

پریم دروازے کی طرف دیکھنے لگا لیکن امیش نے اس کی آنکھوں پر ہاتھ رکھ دیا۔

"بیٹے، ہماری اِن کے جلوے اتنے سستے نہیں ہوتے ہیں پہلے منہ دکھائی لوں گا۔"

"پہلے منہ دیکھنے دو۔"

"دیکھو اور بے ہوش ہو جاؤ۔" پریم کی آنکھوں پر سے اُس نے ہاتھ ہٹاتے ہوئے کہا۔ پریم واقعی بے ہوش ہوتے ہوتے رہ گیا۔ اس کے سامنے ایک دُبلی پتلی سی خوبصورت لڑکی تھی۔ پریم کو دیکھ کر وہ بڑی طرح چونکی اور رسمی مسکراہٹ کے ساتھ اُس نے ہاتھ جوڑ دیئے۔

"تم آشا؟" پریم کے منہ سے بے اختیار نکل آیا۔

"ارے تو تم جانتے ہو میری بیوی کو۔" اُمیش چونکا۔

"صرف جانتا ہی نہیں بہت اچھی طرح جانتا ہوں۔" یہ جملہ پریم کی زبان پر آکر رک گیا۔ وہ صرف کھوکھلی سی ہنسی ہنس کر بولا۔

"کیسے نہ جانتا ۔۔۔۔ ایک ہی محلے میں جو رہتے تھے۔"

آمبیش کی بیوی پریم ـــ کو ایسے دیکھ رہی تھی جیسے کوئی مدت کے بعد اپنے شناسا کو دیکھتا ہے۔

ایکسیڈنٹ

دروازے پر ہلکے سے دستک ہوئی۔ مسز کمار نے دروازہ کھولا۔ سامنے پولیس کا ایک سپاہی کھڑا تھا۔

"ایس۔ این کمار یہیں رہتے ہیں؟"

"جی ہاں۔"

"وہ گھر پر موجود ہیں؟"

"ابھی تک آفس سے نہیں آئے۔"

"کتنے بجے تک آتے ہیں؟"

"سات بجے تک۔" مسز کمار نے گھڑی کی طرف دیکھا جو آٹھ بجا رہی تھی۔

"آج شاید دیر ہو گئی ____ اوور ٹائم ____"

"آپ کو انسپکٹر ساونت نے بُلایا ہے۔" وہ سپاہی بولا۔ "باہر گاڑی کھڑی ہے۔"

"آخر کیا بات ہے؟" وہ سہم گئی۔ کمار جیسا سیدھا سادہ آدمی

پولیس کے بکھیڑے میں کیسے پڑ گیا۔

"کوئی خاص بات نہیں ـــ آپ چلئے تو۔۔۔"

بچے اندر اسٹڈی کر رہے تھے۔ اس نے اپنے بڑے بیٹے کو آواز دی۔ اس کا ارادہ تھا اُسے ساتھ لے جانے کا۔ لیکن یہ سوچ کر وہ خاموش ہو گئی کہ اگر بچوں نے باپ کو پولیس کے گھیرے میں دیکھ لیا تو۔؟ پولیس اسٹیشن سے وہ اپنے بھائی کو فون کرنے کا ارادہ کر کے بڑے بیٹے سے بولی۔ "بیٹے! میں ابھی آئی ماما کو فون کر کے۔"

"اچھا ماں" بیٹے نے اپنے کمرے سے ہی جواب دیدیا۔ اور مسز کمار نے بھگوان کا شکریہ ادا کیا کہ بچوں نے اُسے پولیس کے سپاہی کے ساتھ جاتے نہیں دیکھا۔

پولیس کی گاڑی سرکاری اسپتال کے سامنے رُکی مسز کمار کے منہ سے چیخ نکل گئی۔

"کوئی ایکسیڈنٹ تو نہیں ہوا بھائی؟" اُس نے سپاہی سے پوچھا۔

"آپ اندر تو چلئے۔"

"وہ دھڑکتے دل، سوجی ہوئی آنکھوں اور لڑکھڑاتے قدموں کے ساتھ اندر داخل ہو گئی۔

"آپ مسز کمار ہیں؟" پولیس سب انسپکٹر نے اُسے سپاہی کے ساتھ دیکھ کر پوچھا۔

"جی ہاں"

"ذرا ـــ پہچاننے کی تکلیف کریں۔" انسپکٹر نے مسٹر کمار کا بٹوہ اس

کے سامنے رکھ دیا۔ جس کے اوپری حصّے میں ریلوے پاس تھا۔
"جی ـــــ یہ مسٹر کمار کا بٹوہ ہے ـــــ لیکن وہ ہیں کہاں ؟"
"وہ ابھی تک گھر نہیں لوٹے ؟" انسپکٹر نے سوال کیا۔
مسز کمار دھاڑیں مار کر رونے لگیں۔ "مجھے بتایئے کمار کہاں ہیں ؟"
پولیس انسپکٹر نے مسز کمار کی ذہنی حالت کا اندازہ لگاتے ہوئے خاموش رہنا ہی مناسب سمجھا۔ کچھ دیر رُک کر وہ بولا۔ "میرے پیچھے آیئے۔ ـ ـ ـ ـ ـ "
وارڈ نمبر ایک آیا ـــــ پھر نمبر دو ـــــ پھر وارڈ آتے گئے انسپکٹر آگے ہی بڑھتا گیا ـــــ وارڈوں کا سلسلہ ختم ہو گیا۔ انسپکٹر اسپتال کے ایک کونے میں بنے ہوئے بڑے سے ہال کے سامنے رُک گیا۔
اس پر ایک بورڈ تھا ـــــ "مردہ خانہ" یہ بورڈ دیکھتے ہی مسز کمار چکرا کر گر پڑی۔
جب مسز کمار کو ہوش آیا تو وہ اسپتال کے ایک کمرے میں تھی۔ ڈاکٹر اسے ہوش میں لانے میں کامیاب ہو گئے تھے۔ ہوش میں آتے ہی وہ پھر دھاڑیں مار کر رونے لگی۔
دوسرے دن جب اس کی طبیعت سنبھلی تو انسپکٹر پھر بھوت کی طرح اُس کے سر پر سوار تھا۔
"اب طبیعت کیسی ہے ؟" اس نے پوچھا
مسز کمار نے کوئی جواب نہیں دیا۔
"معاف کیجئے مسز کمار" انسپکٹر نے کہا "ہماری ڈیوٹی کچھ ایسی ہی ہے ہم جانتے ہیں کہ ایسی حالت میں آپ سے کوئی سوال پوچھنا مناسب نہیں

لیکن فرض کے آگے مجبور ہیں۔"

مسز کمار کی آنکھوں میں آنسوؤں کا سیلاب اُمڈ آیا۔

"کل چرچ گیٹ اسٹیشن سے باندرہ جانے والی فاسٹ لوکل روانہ ہوئی لوکل میں ہمیشہ کی طرح بہت بھیڑ تھی۔ لوکل کے دروازے پر کھڑا ہوا ایک آدمی بجلی کے کھمبے سے ٹکرا کر گر پڑا اور وہیں مر گیا۔ اس کی جیب سے یہ بٹوہ ملا اس بٹوہ میں ریلوے کا پاس تھا۔ اسی پاس کی وجہ سے ہمیں آپ کا پتہ حاصل کرنے میں آسانی ہوئی۔"

کسی سوال کا جواب دینے سے پہلے مسز کمار بے ہوش ہو گئی تھیں۔

کوئی اس کے قریب اسٹول پر بیٹھا ہوا تھا۔ اس کی آنکھوں کے سامنے سے اندھیرا ہٹنے لگا اور اسٹول پر بیٹھے ہوئے شخص کا چہرہ صاف نظر آنے لگا۔

وہ کمار تھا۔

"نہیں!" وہ دیوانوں کی طرح چیخی۔

"ہوش میں آؤ ڈارلنگ ـــــ میں کمار ہوں ـــ کمار، تمہارا کمار، کل آفس سے اسٹیشن آیا تو کسی نے بھیڑ میں میرا بٹوہ اڑا لیا بٹوے میں ریلوے کا پاس بھی تھا۔ مجبوراً اسٹیشن سے پیدل گھر آیا۔ رات کے نو بج گئے تھے پتہ چلا کہ تم اپنے بھائی کو فون کرنے گئی ہو۔ تمہارے بھائی کے یہاں فون کیا تو پتہ چلا کہ تم وہاں نہیں آئیں۔ کل سے ہم دونوں تمہاری تلاش میں پریشان تھے۔ اتفاق سے قریب کے پولیس اسٹیشن پر رپورٹ درج کرانے آئے تو معلوم ہوا کہ تم یہاں ہو۔ پولیس والے شاید اُس جیب کترے کو۔ ریلوے کے پاس کی وجہ سے کمار سمجھ بیٹھے۔ جو اس کی جیب میں میرے بٹوے کے اندر سے ملا۔ وہ جیب کترا میرا بٹوہ اڑا کر لوکل میں سوار ہوا

اور بجلی کے کھمبے سے ٹکرا گیا۔

مسز کمار دیوانوں کی طرح مسٹر کمار سے لپٹ گئی۔ اُسے یہ دیکھنے کی ضرورت بھی محسوس نہیں ہوئی کہ مسٹر کمار کے پیچھے کھڑے ہوئے پولیس انسپکٹر کے چہرے پر خوشی اور ندامت کی ملی جلی مسکراہٹ پھیل گئی تھی۔

وفا کے رنگ

"اوبرائے شیرٹن" کے قریب وہ مجھے ملے۔ رینا کسی گلاب کے پھول کی طرح کھلی ہوئی تھی۔ اور اس کے ساتھ جو نوجوان کھڑا تھا وہ کسی چاکلیٹ ہیرو کی طرح خوبصورت نظر آرہا تھا۔ مجھے یکایک سامنے دیکھ کر وہ کچھ پریشان سی ہوگئی۔ پھر اُس کے چہرے پر ہلکی سی مسکراہٹ نمودار ہوئی اور چند ہی لمحوں بعد وہ کھلکھلا کر ہنسنے لگی "ان سے ملو...... یہ ہیں میرے بھائی جان اور بھائی جان یہ ہیں مہیش۔"

مہیش کسی نئی نویلی دلہن کی طرح شرما گیا۔ مجھ سے ہاتھ ملاتے ہوئے اس کے چہرے پر پسینے کی بوندیں تھرتھرانے لگیں۔

"پسینہ پونچھیے اپنی جبیں سے" میں نے مسکراتے ہوئے کہا۔ اور اس کے بعد اپنے گال سے وہ گلابی دھبہ پونچھیے جو میری بیوی میرے گال پر دیکھ لے تو مجھے گھر سے نکال دے۔"

"بھائی جان!" رینا بناوٹی غصّے کے ساتھ چِلّائی۔

مہیش سچ مچ اپنا گال صاف کرنے لگا۔ حالانکہ اس کے گال پر کوئی

دھبّہ نہ تھا۔

" برخوردار میں تو یہ کہہ رہا تھا کہ جب اتنی خوبصورت لڑکی تمہارے ساتھ ہے تو تمہارے گال پر لپ اسٹک کا نشان کیوں نہیں ؟"

مہیش کی جان میں جان آئی ۔"میں دراصل ۔۔۔۔۔"

" او کے ، انجوائے ۔ میں کباب میں ہڈی نہیں بننا چاہتا۔!"میں آگے بڑھنے لگا۔

" نہیں بھائی جان ۔ ایک کپ کافی " رینا بہت پیار سے بولی اور پھر اُس نے وہاں کونے میں کھڑے ہوئے "موبائیل کینٹن" میں کافی کا آرڈر بھی دیدیا۔

کافی پینے کے بعد میں نے ان دونوں سے اجازت لی۔مہیش کاونٹر پر کافی کا بل ادا کر رہا تھا۔ میں نے چپکے سے رینا کے کان میں کہا۔" بہت اچھا انتخاب ہے بے بی۔اب اس وقت تک پیچھا نہ چھوڑنا جب تک یہ بدھو تمہارے گلے میں ور مالا نہ ڈال دے ۔"

" بھائی جان!" وہ پھر دُلار بھرے غصّے سے منہ ٹیڑھا کر کے بولی۔

تب تک مہیش بھی آگیا میں نے ان دونوں سے اجازت لی ۔اور آگے بڑھ گیا ۔

رینا میرے پڑوس میں رہتی تھی۔ اس کے والد کسی پرائیویٹ کمپنی میں اکاؤنٹنٹ تھے ۔ مالی حالت بس غنیمت ہی تھی ۔ رینا کو انھوں نے بی۔اے تک غنیمت پڑھایا تھا بی۔اے پاس کرنے کے بعد وہ کسی کمپنی میں ریسپشنسٹ تھی۔ میں اسے بچپن سے جانتا تھا۔ ہمیشہ خاموش رہنے

والی رینا کو میں نے آج دل کھول کر ہنستے ہوئے دیکھا۔ مجھے بہت خوشی ہوئی۔ اس کے والد ٹھاکر صاحب بھی چاہتے تھے کہ بیٹی کے ہاتھ جلد پیلے ہو جائیں، تو ایک بڑی ذمہ داری ان کے سر سے کم ہو۔ وہ کسی اچھے لڑکے کی تلاش میں تھے۔ کئی بار انہوں نے مجھ سے ذکر کیا تھا کہ اگر کوئی اچھا لڑکا نظر میں ہو تو وہ ضرور اس کا نام بتائیں۔ رینا نے اب اپنے لئے خود ہی بر تلاش کر لیا تھا۔

رات میں کھانا کھا کر جب میں اخبار پڑھ رہا تھا۔ رینا یکایک آگئی میری بیوی کچن میں تھی وہ میرے پاس آگئی۔

"ہم دونوں جلد ہی شادی کر رہے ہیں!" وہ کہنے لگی۔ "ڈیڈی سے کہتے ہوئے شرم آتی ہے؟"

"ارے واہ سرِعام عشق لڑاتے شرم نہیں آتی اور ڈیڈی سے کہتے ہوئے شرم آتی ہے۔"

"بھائی جان کبھی تو سنجیدہ ہو کر بات سنئے۔" وہ سچ مچ روٹھ گئی۔

"ارے خفا ہو گئی۔ میں تو مذاق کر رہا تھا۔ اب کہو کب اس چڑی کے غلام سے شادی کا ارادہ ہے؟"

"وہ کہہ رہے تھے ان کی چھوٹی بہن کی شادی دو تین مہینے میں ہونے والی ہے۔ اس کے بعد وہ شادی کے لئے تیار ہیں۔"

"اس کا پتہ کیا ہے؟"

"وہ فلاں میں رہتے ہیں، میرے آفس کے قریب ہی ان کا آفس ہے۔"

"لکی گرل! بہت اچھا لڑکا ڈھونڈ نکالا ہے۔"

"کیا ڈھونڈ نکالا ہے جی؟" میری بیوی کچن سے چلائی۔
"پہاڑ کھود کر چوہا نکالا ہے جی!"
رینا کھلکھلا کر ہنس پڑی۔
"کیا بات ہے؟" اب بیوی کچن سے باہر نکل آئی تھی۔
"رینا پوچھ رہی تھی میرے گال پہ یہ گلابی دھبّہ کہاں سے آگیا؟"
"مذاق چھوڑیے سچ سچ بتایئے بھائی بہن میں کیا گپ شپ ہو رہی تھی؟"
"ہماری بہن نے ہمارا بہنوئی ڈھونڈ نکالا ہے"
"سچ رینا"
رینا شرما کر بیوی سے لپٹ گئی۔

اب یہ معمول ہو گیا کہ ہفتے میں ایک دو بار رینا ہمارے یہاں آتی اور مہیش کے قصّے سناتی۔ ہم لوگ فلاں جگہ گئے۔ فلاں سینما دیکھا۔ انہوں نے مجھے فلاں تحفہ دیا۔ مہیش کے دیے ہوئے تحفے وہ ہمیں لا کر دکھاتی۔ ان تحفوں کو دیکھ کر ہی اندازہ ہوتا تھا کہ مہیش کا ذوق بہت بلند ہے۔ ورنہ اتنے قیمتی تحفے پیش کرنا کسی عام آدمی کے لئے ناممکن ہے۔ میری بیوی رینا کی خوش قسمتی پر بہت خوش تھی۔ جب مہیش رینا کو کوئی تحفہ دیتا تو وہ ضرور میری بیوی کے پاس آتی اور پھر وہ دونوں گھنٹوں ادھر اُدھر کی باتیں کرتیں۔

تحفوں کی لین دین میں تین مہینے گذر گئے۔ پہلے تحفے بے شمار آتے تھے اب بہت کم آنے لگے۔ پھر آہستہ آہستہ تحفے ملنے بند ہو گئے۔ رینا بھی کچھ اُداس اداس رہنے لگی۔

"ضرور دونوں میں جھگڑا ہوا ہے" میری بیوی نے کہا۔
" دونوں نا سمجھ بچے ہیں۔ انہیں سمجھانا چاہئے۔ دونوں میں صلح کرا دینی چاہئے۔ دونوں کو آپس میں ملا دینے سے اچھا کوئی کام نہیں"
اب رینا ہمارے یہاں بھی کم آنے لگی۔ میری سمجھ میں نہیں آرہا تھا کہ کیا ماجرہ ہے۔ ایک دن وہ سامنے نظر آئی تو میں نے آواز دی "رینا" وہ آگئی۔
"کیا بات ہے میری بہن بہت اُداس ہو؟ کیا اس چڑی کے غلام سے جھگڑا ہو گیا ہے؟"
"نہیں — " پھر کچھ دیر کے بعد بولی "بات معمولی سی تھی لیکن اب صلح ہو گئی ہے"
دوسرے دن وہ اپنی بغل میں ایک بڑا سا بکس لیکر آگئی۔
" دیکھئے بھائی جان! آپ کے چڑی کے غلام کا تحفہ!"
ہم دونوں اس خوبصورت تحفہ کو دیکھ کر خوش ہو گئے۔ نیلے رنگ کی ایک خوبصورت ساڑی تھی۔ وہ ساڑی سی ویوز اسٹور سے لائی تھی۔
اس کے جانے کے بعد میری بیوی نے فرمائش کی کہ مجھے ایسی ہی ساڑی چاہئے۔ فرق صرف یہ ہو کہ رنگ لائٹ بلیو ہو۔
دوسرے دن ہم نے "سی ویوز اسٹورز" میں ویسی ہی ساڑی خریدنے کے لئے قدم رکھا۔ وہاں مجھے رینا نظر آئی لیکن وہ اکیلی تھی۔ میں رینا کی نظر بچا کر باہر نکل گیا۔ اس نے گلابی رنگ کی ایک ساڑی پسند کی تھی۔ اس کے جانے کے بعد میں اسی کاونٹر پر گیا۔ جہاں سے اس نے گلابی رنگ کی ساڑی خریدی تھی۔

"کچھ دیر پہلے جو لڑکی یہاں تھی۔ کیا وہ پہلی بار یہاں اکیلی آئی ہے؟"

تھوڑی دیر سوچنے کے بعد کاونٹر پر کام کرنے والی لڑکی نے کہا۔

"اوہ! وہ ریناٹھاکرے جی ہاں وہ ہماری پرمننٹ گاہک ہے پہلے ایک نوجوان کے ساتھ آتی تھی لیکن آج کل اکیلی ہی آتی ہے۔"

اسی شام گلابی رنگ کی ساڑی مہیش کے تحفے کی صورت میں دیکھ کر مجھے کوئی حیرت نہ ہوئی۔ اس دن میں گھر میں اکیلا ہی تھا میری بیوی چھوٹے بچّے کو لے کر دواخانہ گئی تھی۔

"بھائی جان کیا مہیش کا تحفہ آج آپ کو پسند نہیں آیا۔" وہ مجھے خاموش دیکھ کر بولی۔

"وہ ضرور پسند آتا۔" میں نے سنجیدہ لہجہ میں کہا "اگر وہ مہیش نے دیا ہوتا۔"

"بھائی جان....."

"رینا! میں نے خود آج تمہیں "سی ویو" سے یہ گلابی رنگ کی ساڑی خریدتے دیکھا ہے۔"

وہ چونک کر میری طرف دیکھنے لگی۔

"سچ سچ بتاؤ، کیا بات ہے؟ کیا مہیش نے تمہیں دھوکہ دیا؟"

"ہاں بھائی جان" تھما ہوا طوفان پھوٹ پڑا۔" اُس نے مجھے دھوکہ دیا۔ ڈیڈی اور آپ لوگوں سے میں نے اپنے پیار کے بارے میں سب کچھ بتادیا تھا۔ میں نہیں چاہتی تھی کہ آپ

کے اور ڈیڈی کے دل کو دھکا لگے۔ اس لئے اب میں اپنے پیسوں سے ساڑی خریدتی ہوں۔" وہ پھوٹ پھوٹ کر رو رہی تھی۔

اپنا اپنا غم

اخبار کے کونے میں ایک چھوٹی سی خبر چھپی تھی۔ "ایک عورت جل کر مرگئی۔" میری نظریں اس خبر پر مرکوز ہوگئیں۔ شہر میں نہ جانے کتنی عورتیں جل کر مرجاتی ہیں۔ لیکن پتہ نہیں کیوں میں اس خبر کو پڑھ کر پریشان ہوگیا۔ میں نے کبھی اس عورت کو نہیں دیکھا تھا۔ اس کے یا اس کے خاندان کے کسی فرد سے میرا تعلق نہیں تھا۔ پتہ نہیں اس خبر میں کون سی ایسی مقناطیسی طاقت تھی جو میری نظروں کو اس خبر کی طرف کھینچ رہی تھی۔ خبر یہ تھی۔

ایک عورت جل کر مرگئی

بمبئی۔ ۱۷ رجون، جواہر نگر جھونپڑپٹی میں رہنے والی ایک عورت مریم بی (عمر ۳۵ سال) اسٹو پھٹ جانے کے حادثے میں جل کر مرگئی۔ اس کے تین بچے ہیں۔

میری نظروں میں اس عورت کے تین ننھے منے سہمے ہوئے بچوں کے چہرے گھومنے لگے۔ اس غریب کا شوہر اسی کی گھاس پھوس کی بنائی ہوئی جھونپڑی کے سامنے سر جھکائے ہو بیٹھا نظر آیا۔ وہ بے چارہ

آج کام پر نہیں گیا ہوگا۔ اس کے ننھے ننھے بچے بھوک سے بلک رہے ہوں گے۔ جھونپڑ پٹی میں رہنے والی بڑی بوڑھیاں اُسے دلاسے دے رہی ہو میرے اندر سویا ہوا سوشیل ورکر جاگ اُٹھا۔ مجھے ایسا محسوس ہونے لگا گویا اگر میں نے مریم بی کے بچوں اور شوہر کو دلاسا نہیں دیا تو یہ میرے فرض میں کوتاہی ہوگی۔ میں ابھی تک نہیں بھولا جب میرے پڑوسی روبندر بابو کی بیوی اسی طرح ایک حادثے میں مرگئی۔ روبندر بابو تو غم کے مارے پاگل ہوگئے۔ بچوں نے رو رو کر آسمان سر پر اُٹھا لیا۔ پاس پڑوسی اُسے سمجھاتے سمجھاتے تھک گئے تھے۔ لیکن ان پر کوئی اثر نہیں ہو رہا تھا۔ ان کی آنکھوں میں ساون بھادوں کی جھڑی لگی ہوئی تھی۔ روبندر بابو تو اعلیٰ افسر تھے۔ اُن کی ہمدردی جتانے والوں کی کمی نہیں تھی۔ لیکن مریم بی! اس غریب کا کون ہمدرد ہوگا۔ میرے دل سے آواز آئی مجھے فوراً جواہر نگر جانا چاہیئے۔ مریم بی کے شوہر اور بچوں کو دلاسا دینا چاہیئے۔ میں نے جلدی جلدی کپڑے تبدیل کئے اور سیدھا جواہر نگر کی طرف روانہ ہوگیا۔

جواہر نگر کا ماحول عام جھونپڑ پٹیوں کی طرح ہی تھا۔ غلاظت دھواں اور گالیوں کا شور۔ چند گندے بچے نالی کے پاس کھیل رہے تھے۔ ایک بوڑھا آدمی، ٹوٹی ہوئی چارپائی پر بیٹھا بیڑی پی رہا تھا۔

"بابا مریم بی کہاں رہتی ہے؟" میں نے بوڑھے سے پوچھا۔

بوڑھے نے جواب دینے کی بجائے "اری او مریم" کہہ کر آواز دی اور ایک بھدّے جسم کی کمسن لڑکی، جس نے نہایت بے دردی کے ساتھ منہ پر پوڈر تھوپ رکھا تھا۔ مسکراتی ہوئی باہر آئی۔ مجھے دیکھ کر اس کے

چہرے پر مسکراہٹ پھیل گئی: "آ و نا بابو جی، بھولا نے بھیجا ہے نا؟"

"نہیں، نہیں،" میں گھبرا گیا "تم لوگوں کو غلط فہمی ہوئی۔ مجھے مریم بی کا پتہ چاہیئے جو پرسوں جل کر مرگئی۔"

لڑکی غصّے سے پیر پٹیکتی ہوئی اندر واپس چلی گئی اور بوڑھا بدستور گم صُم بیٹھا رہا۔ میں آگے بڑھ گیا۔ ایک بوڑھی عورت کھلے آنگن میں آنکھیں میچتی ہوئی بیٹھی ہوئی تھی۔

"ماں جی" میں اس بوڑھی سے مخاطب ہوا۔

"کیا ہے؟" اس نے دھیمی آواز میں پوچھا۔ "کیا چاہیئے؟"

"مریم بی کا پتہ، وہ جو پرسوں جل کر مرگئی۔"

"وہ سامنے تیسرے نمبر کی جھونپڑی۔"

میں وہاں پہنچا۔ جھونپڑی کے سامنے تین چھوٹے —— بڑے بچّے کھیل رہے تھے۔ وہ اپنے کھیل میں اتنے غرق تھے کہ انہوں نے میری طرف نظر اٹھا کر بھی نہیں دیکھا۔ بے چارے معصوم بچّے! اپنے آپ میں کتنے کھوئے ہوئے ہیں۔ میرے دل میں ہمدردی کا طوفان اُمڈ آیا۔

"اے بچّے،" میں نے سب سے چھوٹے بچّے سے پوچھا "تمہاری ماں کہاں ہے؟"

"مرگئی۔" اس نے مٹی اُچھالتے ہوئے کہا

"تمہیں ماں کی یاد آتی ہے؟"

"نہیں۔" اس نے نہایت معصومیت کے ساتھ کہا۔ "وہ مجھے بہت مارتی تھی۔" میں —— سوچنے لگا یہ تو ناسمجھ بچّہ ہے اُسے بُرے بھلے کی کیا تمیز۔

"اور تمہیں" میں نے منجھلی لڑکی سے پوچھا۔

"آتی ہے۔" منجھلی بیٹی بولی۔ "جب آئس کینڈی والا آتا ہے تب یاد آتی ہے۔ مجھے کبھی کبھار آئس کینڈی کے واسطے پیسے دیتی تھی۔"

اب سب سے بڑے بیٹے کی باری تھی۔ اس نے پہلے سر سے پیر کی طرف دیکھا پھر آہستہ سے میرے سوال کے جواب میں بولا۔ "مجھے تو اس کی یاد نہیں آتی، وہ اچھی نہیں تھی۔"

"کیا کرتی تھی وہ۔؟"

"مزدوری"

"تم اس سے ناراض کیوں ہو؟"

"مالوم نہیں۔"

ادھیڑ عمر کا ایک آدمی بنیان اور ہاف پینٹ پہنے ہوئے باہر آیا۔ مجھے دیکھ کر حیرت سے وہ اپنی جگہ ساکت ہوگیا۔

"میں ایک سوشیل ورکر ہوں۔" میں نے اپنا تعارف کرایا۔ "تم مریم بی کے شوہر ہو؟"

"ہاں صاب ــــ اس کا چہرہ جذبات سے عاری تھا۔" وہ جل کر مر گئی اسٹو پھٹا اور بس مر گئی۔"

"کتنے برس ہو گئے تھے تمہاری شادی کو؟"

"دس سال صاب"

"اب ان بچوں کا کیا ہوگا؟"

"اس کا انتظام میں نے کرلیا ہے صاب" وہ آہستہ سے بولا۔ انہیں یتیم خانے بھیج دوں گا ـــــــ وہاں جھوٹ بولنا پڑے گا

کہ ان کا باپ بھی مر گیا۔"

"لیکن تم........ تم تو اکیلے رہ جاؤ گے؟"

"اس کا بھی انتظام کر لیا ہے صاحب ـــــ پرسوں نکاح کر لوں گا میں ـــــ اپنے ہی محلے کی لڑکی ہے۔"

***